Aries

白羊座

3月21日~4月20日

林小仙　著

白羊座

攻星记

Aries

不是温柔的人，却做尽了温柔的事

中国出版集团　现代出版社

温柔正确的人总是不那么快乐，因为这世界既不温柔，也不正确。

愿你白天有说有笑，晚上能睡个好觉；愿你的生活既有软肋，又有盔甲。

前　言

作为火象星座的白羊，并非如人们想象中的那般高冷和难以接近。

善良如白羊。

当你用心去了解过白羊座后，你便能体会到他霸道中的那丝温柔、愤怒中的那丝关怀、开心时的那丝可爱、难过时的那丝悲痛。白羊座可以为任何一个他觉得值得依赖的人，奋不顾身地付出一切。白羊座单纯、善良，宁愿众人负他，也不愿负众人。

寂寞如白羊。

在人前，白羊座总是活得潇洒，过得自在，他们从不担心明天的天气是阴还是晴。他们热情、冲动，向往刺激和热烈的爱情，永远是那么一副无拘无束的样子。而事实上，那风流不羁的模样，只是为了掩饰他那颗孤独的心。他总是将自己置身于最热闹的地方、最欢快的场所，可是人群散去，留下的只有自己的影子。一个人背包去旅行的白羊，不是因为真的潇洒，而是因为寂寞无人知，唯有大自然给他回声。

深情如白羊。

单细胞的白羊座不会考虑太多爱情以外的现实因素，也没有太多七弯八拐的心计。当白羊座对你说他爱你的时候，就是他真的认定你是他的真爱了，热情又不失温柔。白羊座还没定性的时候，可能在外面有无数花花草草，又或者他还在挑选中，他才不会说出什么将来会让你讨伐他的话，即便你问他爱不爱你，他也会含含糊糊地糊弄过去。所以白羊座如果说爱你的话，那一定是真的，他一定是喜欢你，很认真地想和你确定关系。

自由如白羊。

白羊座的心像是把握不住的风，他渴望像风一样自由。他不是不甘于平静，只是找不到平静的理由。白羊座一生都无法明确自己在人世要扮演的角色，他只有不停地寻求。不要责怪白羊，自由是他一生都无法拒绝的诱惑。

真实如白羊。

在白羊座的字典里永远没有“利用”两个字。他不懂得什么叫阿谀奉承，什么叫阳奉阴违。白羊座选择你做朋友永远是看你是否“值得交”，而不是看你是否“有价值”。

人们通常只知道白羊座火气发作迅猛，却不知这脾气消失得也很快，恰如夏日冰雹，骤然来势凶猛，顷刻间又烟消云散。白羊座不会与人结怨，也不会寻机报复，更不会心底生恶。如果这只白羊因你而变得温顺，那么你会获得一位理想的佳人——诚恳又缠绵、忠实又撩人心弦。

执着如白羊。

白羊座是黄道第一宫，因此他最喜欢成为第一的强者。火象星座象征能量与精力，白羊座的血液里也流动着充沛的活力因子。白羊座那没人能比的行动力就是他骄傲的资本。冲劲十足的他，完全没有办法真正地静下来。他们会给自己设下各种各样的目标，一旦确定了就会毫无顾忌地向前冲。也许不计后果地前进，会遇到很多障碍，会受伤，会难过，但也正是白羊这种过人的行动力，让他收获了人生更多的精彩。

白羊座的三毛在《哭泣的骆驼》里有这样一段话：

结婚以前大胡子问过我一句很奇怪的话：“你要一个赚多少钱的丈夫？”我说：“看得不顺眼的话，千万富翁也不嫁；看得中意，亿万富翁也嫁。”

“说来说去，你总想嫁有钱的。”“也有例外的时候。”我叹了口气。

“如果跟我呢？”他很自然地问。“那只要有吃得饱的钱就算了。”

他思索了一下，又问：“你吃得多吗？”我十分小心地回答：“不多，不多，以后还可以少吃点。”就这几句对话，我就成了大胡子荷西的太太。

这就是白羊座的态度。三毛和荷西，他们是一对真正浪漫的情侣。他们把许多现代人敢想而不敢做或做不到的事——与最爱的人携手走天涯变为生活的现实。在流浪异乡难耐的清贫和寂寞里，他们自由自在、天真可爱、疯狂痴迷。这就是白羊座热爱的事儿。

看到这里，你对那个脾气急、爱冲动、情绪化又不可一世的白羊座的看法有没有改变一点？

当白羊好奇地睁着大眼睛，用他的羊角试探世界的时候，如果羊角不小心划伤了你，请你原谅白羊，请你不要用“单细胞”“冲动”“暴力”这些词来形容白羊，因为白羊座的人就像我们所熟悉的剪刀手爱德华一样，单纯，容易满足，他只是想抱抱你，弄伤你绝非他的本意。

每一只白羊，都是上帝用心雕刻的精灵，他有最纯净的心灵和最快乐的灵魂。他来到人间最重要的使命，是寻找自己的命中注定。

这样的白羊座，如果爱，请深爱；如果不爱，请放他走。

目　录

第一辑　爱情会让人变笨，但我不介意更笨一点

第二辑　祝你幸福是真的，祝你们幸福是假的

第三辑　别低头，王冠会掉

第四辑　容易脸红的人，往往是最善良的人

第五辑　只要心有不甘，就还不到放弃的时候

第六辑　愿你的情话有主，再不孤独

第一辑

爱情会让人变笨，但我不介意更笨一点

好胜、自我、坚强独立的白羊座一旦陷入爱情，智商下降的速度可以媲美火箭。白羊座的人注定了要么不爱，要么就爱得痴心不改。

当白羊座低下头跟你道歉，当白羊座为你放下冷漠，当白羊座为你流眼泪，当白羊座为你做傻事，当白羊座为你疯狂，当白羊座为你冷落朋友，当白羊座为你收敛霸道脾气，当白羊座不断关心你，当白羊座因为你喜怒无常，他放下了尊严、放下面子、流出眼泪还默默忍受，这是因为傻傻的白羊座爱你爱到骨子里。

用一辈子的桃花运，来换一个对的人

在白羊座的眼里，自己爱上的人是世上最优秀、最可爱的人。你可以说他们幼稚，但这又何尝不是一种满足呢？有这么崇拜你的一个人在身边，难道不觉得幸福吗？

白羊座不会隐藏和欺骗，喜欢一个人就全心全意，那种带有欺骗的爱情为白羊所不齿。

在白羊座的世界里，最长情的爱是久处不厌，是看过更多的风景、见过更多的人，还是最爱你。

我见过春日夏风秋叶冬雪，
也踏遍南水北山东路西岭，
可这四季春秋，苍山泱水，
都不及你冲我展眉一笑。

荷尔蒙只负责一见倾心，柏拉图才负责白头到老。至于中间的过程，你或许需要经历好几个，才能找到个旗鼓相当的人，就此牵手一生。

你一直相信钟情的人才会得人钟情，无心的人只会被人无心。你见过了更好更繁华的城市，却仍要回到念念不忘的小城；你见过了更好更优秀的人，却仍挚爱他一人。

所以，对于你来说，这世界上最短的咒语，大概就是他的名字吧。

爱情有的时候很简单，每个人都会说“我爱你，会为你付出一切！”爱情有时候又很难，因为没有多少人能做到承诺。你明白，如果真心爱一个人，不承诺也会去爱；如果不爱一个人，即使承诺也会背叛。

爱是一种感受，即使痛苦也会觉得幸福；爱是一种体会，即使心碎也会觉得甜蜜；爱是一种经历，即使破碎也会觉得美丽。爱上只是一时，忘掉却需要一生。

辛苦颠簸在红尘里，许多形形色色的人，在我们身边来了又走，有些人仅仅只是我们生命中一个过客，来无痕去无踪；有些人有缘相守一辈子，却在心里激不起一丝波澜，寡淡无味；有些人仅仅看了一眼，却从此在心底生根，也许牵念一生。千帆过尽之后，心中最美的仍是那一闪而过的心悸和灿烂。

爱情来的没有原因，却又无可抗拒。

你爱的那个人，会风雨无阻地接送你上下班，会在钱夹里放着你的照片，会在你生病时叮嘱你吃药、为你煲汤，会在吃饭时不用问就能点满一桌你爱吃的东西，会晚上睡觉时悄悄帮你盖好被子。不用甜言蜜语和赌咒发誓，好男人不用开口，就可以给你浪漫。

在对的时间遇见对的人，是一生的幸福。不要认为后面还有更好的，因为现在拥有的就是最好的；不要因为距离太远而放弃，爱情是可以和你一起坐火车的。一生只谈一次恋爱也是好的，经历多了，会麻木；分离多了，会习惯；恋人多了，会比较。到最后，你不会再相信爱情。其实对于爱情，越单纯越

白羊座总是对周围人一副咩咩小绵羊的样子，那是因为大多数的白羊都有一种淡定处事的风格。其实他们心里跟明镜似的，孰好孰坏、孰轻孰重，早就有了判断。所以，别以为白羊座好欺负，羊角也不是白长的。

Aries

幸福。

如果给你一整片森林，你会迷路。你愿意为一棵树，放弃一大片原本就不属于自己的森林吗？你只希望这棵树是完完全全属于你的。它可以不高，但可以给你一片树荫，容你安安静静地休息。你不是贪心的小孩子，你只想要这一棵树。

那些喜欢在暧昧里浮沉、情欲里打滚的人，自有他们的命数和缘分。不要走入别人编写好的游戏剧情，不要降低你对感情的标准，不要放弃你对真心的信任。你若要简单，就活得简单；你要纯粹，就爱得单纯。你若认真，就一定能遇到认真的灵魂。你们若真心相对，就不会后悔。

人的一生会有无数次相逢，有些人是你看过便忘了的风景，有些人则在你的心里生根抽芽。那些无法诠释的感觉都是没有来由的缘分，缘深缘浅，早有分晓。

但凡你能控制住的，就不是相爱，而是需要了。相爱就是明知不想要，却偏偏忍不住；是总想要离开，却偏偏走不掉；是明明很孤独，却依旧很想念。这看起来像是无奈，却会让人痛苦万分。但实际上，就算你被爱情伤害到体无完肤，但拥有那一瞬的甜蜜，就弥补了所有。

白羊座是碎了心也放得下的那种人，不把坏情绪带给身边的人，就算难过得眼泪快要流出来，也依旧一副“我很好，真的很好，不用担心”的表情。白羊座所有的温柔都掩藏在那个满不在乎的自己扛下一切的眼神中。

Aries

或许，你最爱的，往往没有选择你；最爱你的，往往不是你最爱的；而最长久的，偏偏不是你最爱也不是最爱你的，只是在最适合的时间出现的最适宜的那个人。

真的不用遗憾，没有在最青春美貌的时候遇见彼此，因为你们要的，终究不是那一场足以天崩地裂的爱恋，而是天长地久的温暖相伴。

亲爱的，愿你始终不惑真心，愿你的真心不被辜负。

白羊座的人很念旧，回忆对他们来说就是精神支柱，但从不将心事声张。不管过了多少年，白羊座总会在心底深处默默地为爱过的人留一个位置，不吵不闹。白羊座不会让别人在他们高冷的气场中，察觉到他们内心的柔软。

Aries

我不相信爱情，
我只相信你

专一傻气的白羊座在喜欢一个人的时候，眼里是容不下其他人的，甚至连自己都会忽略掉。白羊喜欢你的时候，会挖空心思给你各种惊喜，不会怀疑你的每一句话，绝对信任你，他想给爱人所有美好的东西。

白羊座情真意切，理想主义色彩极浓，虽然喜欢异性簇拥，但当他们真的爱上一个人，便会言听计从，在他的人生里，大概不会有同时爱上两个人的情形出现。

这个世界上最坏的罪名，
就是太易动情，
而我，喜欢这罪名。

“你知道有一个信任的人是什么感觉吗？”

“就像房间突然黑了，不是去找灯，而是去找他。”

两个人之间的感情就像织毛衣，建立的时候一针一线，小心而漫长，拆除的时候却只需轻轻一拉。信任比爱更难得。信任像娇艳的花朵，需要时间和养分才能够有所滋长。我们可以一瞬间爱上一个人，信任一个人却需要长期考察；我们一生可能爱过许多人，但找到真正可以托付一生的人，却寥寥无几。

“我相信你。”不要小看这句话的威力，它甚至比甜言蜜语都更加有效。信任本身就是一种爱。

有时候你要的不是奢侈的礼物或是娇艳欲滴的鲜花，你想要的只是一份信任和一个拥抱，一个简单的拥抱能瞬间感化无情的结局，一份信任能缓解你心中的苦闷。

你希望他能给你一个拥抱，让你走出忧伤，忘记烦恼；给你一个拥抱，让你不再冷漠，绽放笑颜；给你一个拥抱，让你走出过去，把握幸福。

你希望他能给你一份信任，让你走出阴霾，忘记苦恼；给你一份信任，让你瞬间感化，喜笑颜开；给你一份信任，会一直陪伴着你。

与其说相信他给你的爱情，不如说相信他的人品。人品的好与不好，都来自于那些相处中的细节，看人要用心和时间，而不是光靠眼睛。对方的细节决定了你冷热的程度，对方的思想决定了你们聊天的长短。大多数人即便相识，也很快就会陌路，只有极少数人是留在生活里的人。

有些人会认为在爱情里谈人品很无聊，爱情出于荷尔蒙的原始本能，彼此热恋的时候表现出的都是最美好的一面，或者说荷尔蒙会让我们忽略人品。有这种想法的人往往会在分手的时候伤透心，因为那时候人品才会浮出水面，给对方迎头痛击。

而那些有品质的人，不会因为荷尔蒙而忘记责任，就是分手也能坚守底线，把伤害降到最低。相爱的时候或许不觉得，但不爱的时候，那个人还肯为你纯真的心做最后的守护者。

不要因为寂寞爱错人，更不要因为爱错人而寂寞一生，尝

白羊座既肯与乞丐同座吃饭，也愿跟帝王并肩进餐，一样的言行自如，一样的以诚相见。在善良的白羊座心里，人无贵贱阶级之分，他们正直善良，愿和每一个人成为朋友，在感情中不掺杂任何功利心。

Aries

白羊座的人出生在春回大地、万物盛开的时节，于是白羊座天生就被赋予了春天崭新的生命气息，他们生机勃勃，拥有着使不完的激情，他们绝不吝啬去燃烧自己的能量，朝气蓬勃、热情坦率是他们最舒服的生活。

Aries

试信任才能得到幸福。每个人的一生，都在寻觅一个让自己心安的人。

你相信爱情才会遇见爱情，你相信对方才能感受美好。开花结果是一种圆满，云淡风轻也是一种幸福，爱情的快乐动人，大多数来自过程中的心心念念，结果需要水到渠成，强求不得。请你相信，一个有品质的人才能在最不堪的境遇里坚守自己，又有能力深爱和保护身边的人。

白羊座的人尤其在年轻时，对自己的态度往往是“我该是天下第一”。不能否认，他们骄傲、自信又霸道。虽然如此，在所有十二星座的人当中，还要数他们最热诚、最慷慨。他们心慈手软，诚挚地相信自己做什么都能做到最好。

Aries

深情不及久伴，
厚爱无须多言

在喜欢的人面前，平日里伶牙俐齿的白羊座就好像换了一个人似的。爱在他的心里时时刻刻翻涌着，却连“我爱你”都说不出口。

白羊座的人很忠实、很大方，他愿意与你分享他的一切。当然，他也会希望你与他分享你的一切，包括你的秘密。

他会霸道地占有爱人一辈子，这种极强的占有欲是白羊座表达爱情的一种方式。这样霸道深情的白羊座，你遇到过吗?

最爱不过你的名字，
用余生写一首情诗，
唯愿从青涩时光陪你到白发苍苍。

时间会杀死所有肤浅的秀恩爱，却杀不死真挚的心。任何一段好的恋情，都不是偶然，它需要时间、耐心和两个真正想在一起的人。

知乎上有这样一个问题：如果喜欢的人感冒了，该怎么办？

最好的回答也就两个字："开门。"

如今的我们都知道，说一千次的"我爱你"，比不上一句"你在哪里，我来找你"；再多有关未来的承诺都是空头支票，比不上此时此刻的温馨陪伴。

这世上有的人注定是为爱而生、为情而活的。他的梦想总长在天上那个最高最耀眼的地方，一生在爱恨交织里百转千回，不撞南墙不回头，哪怕撞得头破血流，只为那拼却的一醉。在理想化的情感世界里，爱是他精神世界里的一切，即便轰轰烈烈后是刻骨铭心的痛，心里也是永远无悔的执着和坚持。

而有的人，在飘忽的岁月里懂得了平平淡淡的陪伴才是真的道理，平静而简单地与爱的人度过一辈子。

一个人就算再好，但不愿陪你走下去，那他就是过客。一个人就算有再多缺点，可处处忍让你，陪你到最后，那就是终点。因为陪伴与懂得，比爱情更加重要。

一生中会有很多段爱情，陪你走到最后的，始终只有一个人。爱情就是相互包容、彼此真诚，过一生。

好的感情，就是找一个能够聊得来的伴儿。各种的话题，永远说不完；重复的语言，也不觉得厌倦。陪伴，是两情相悦的一种习惯；懂得，是两心互通的一种眷恋。

总是觉得相聚的时光太短，原来，走得最快的不是时间，而是两个人在一起时的快乐。幸福，就是有一个读懂你的人；温暖，就是有一个愿意陪伴你的人。

人总有脆弱的时候，并不需要太多的浪漫和语言。累了，有一个肩膀可以依靠；痛了，有一句懂得可以舒缓。即使两两相望，也是一份无言的喜欢。即使默默思念，也是一份踏实的心安。人，总要有一个家遮风避雨；心，总要有一个港湾休憩靠岸。

最长久的情，是平淡中的不离不弃；最贴心的暖，是风雨中的相依相伴。

有人以为爱情是荡气回肠飞蛾扑火，有人以为爱情是石破天惊一见钟情，有人以为爱情是十八般武艺样样精通，有人以为爱情需要赤手空拳斩妖除魔，有人前半生都攒着技能等待那个人……

直到有一天你遇到了他，发现爱情不过是和他在小小的厨房里做一顿热乎乎的饭，看着对方一口一口都吃完。

许多人以为，两个人熟悉得像亲人就没爱情了。其实爱到平淡，才是一生的开始。

浓烈的爱往往是流动的，爱你也会爱别人。所以重要的不是爱上你，而是只爱你一人。重要的不是爱你有多深，而是能爱到底。找个人恋爱容易，难的是一辈子。

时间，会沉淀最真的情感；风雨，会考验最暖的陪伴。走远的，只是过眼云烟；留下的，才是值得珍惜的情缘。来得热烈，未必守得长久；爱得平淡，未必无情无义。

眼睛看到的或许是假象，心的感受才最真实；耳朵听到的或许是虚幻，心的聆听才最重要。总有一天你会明白：简单的喜欢，最长远；平凡中的陪伴，最心安。

如果不是深植内心的爱，怎么会长久地不厌不弃。所以，一路陪伴，便是对爱最大的理解。亲爱的，岁月不长，记得对深爱的人报以温柔，或许你此刻的温柔陪伴，就成为这一生最长情的告白。

你话一少，我就慌了

只要不是过于甜言蜜语、矫饰其情，你对白羊座的爱若至真至诚，尽管让他知道。白羊座的人特别重感情，对爱情忠心耿耿、历久弥新。

白羊座的人不大主动去联系别人，表面看起来朋友很多，但真正令他牵挂和在乎的只有很少的几个人。如果你是白羊座主动联系的人，那你对他来说就已经很重要了。

飞扬跋扈的白羊座，会在喜欢的人面前变得有些不知所措、支支吾吾。如果白羊座在你面前有点小心翼翼，在意你一丝一毫的情绪变化，那意味着你已经住进他的心里了。

你想当他的伞，
无奈却成了雨，淋在他伞上，敲进你心里。
他云淡风轻，你却章法大乱。

总有一个人，一换语气和你说话，你就觉得世界都塌了。当你遇到一个很喜欢的人，第一反应会是害怕。越喜欢，越胆怯。喜欢这东西很奇怪，没有颜色，没有形状，却能让大大咧咧的人变得小心翼翼，又让无所畏惧的人开始战战兢兢。

你的生命里一定出现过这样一个人，他可以轻易地控制你的情绪：这一刻让你哭，下一刻又让你笑。

世界上只有他的名字，让你牵肠挂肚，像有一根看不见的线，一头牢牢地系在你心尖上，一头攥在他手中。其实，道理你都懂，但是能安慰你的不是道理，而是他。

你用力地爱着他，你对他言听计从、千依百顺，你的卑微在尘埃里开出了花，又枯萎了。

你执着地爱过他，你爱他到昏天黑地、不管不顾，你爱他到哪怕他朝秦暮楚，也依然不肯放手。

你无望地爱过他，你在尘世跋涉，经过万水千山，只为了给他惊喜，结果是一场心伤。

这种卑微一开始是幸福的，你细细地留意关于他的一切，在意他的喜怒哀乐，想把最好的留给他，只为得到他一个期许的眼神、一个微笑，或者一句感激。你们曾有过一段美好的时光，真心真意，没有隔阂。

但你始终是卑微的，你不敢对他无所顾忌地开玩笑，不敢对他提要求，不敢拒绝他。

你一定用力地试图忘过他，你驱逐他的身影，入睡之前，安眠以后。

你一定执着地试图忘过他，你抗拒与他有关的一切，混沌之前，清醒以后。

你一定无望地试图忘过他，可是以后你寻寻觅觅，他还是占据着你梦的二分之一。

爱他，成了你最卑微的心事，你认为这就是爱情，因为爱着，所以心甘情愿，没有那么多为什么，更不衡量得失。

是的，你受了伤。

遇见他时，花未开，月未圆，却有一份发酵已久的等待在装饰着所有。

越是在意，越是惶恐。拥有的时候就已经开始失去，而未曾拥有的暧昧在时间的催化之下，要么分道扬镳，要么相濡以沫。

如果真爱一个人，你会陷入情不自禁的旋涡中，情不自禁地念他的好，情不自禁地回忆和他一起走过的时光，情不自禁地为他做一些事情，情不自禁地在乎着他的一切。同样，他爱不爱你，你也是能够感觉到的，而且这种感觉是真切和准确的。你不用骗自己，更不用勉强自己，如果真的不是那个对的人，你要学会转身。

生活并不是用来回首和妥协的，你退缩得越多，能够让你呼吸的空间就会越小。你也不要想着去将就过日子，这些都是一种逃避和懦弱，一个人表现得越卑微，那么幸福就会离你越远。没有必要把自己摆得太低，有些人事，无须刻意就会是你的，而有些也不必一再忍让，你要有自己的原则和底线，这才是真正的生活。

人的一生，总有一些说不出的秘密，挽不回的遗憾，触不到的梦想，忘不了的爱。繁华安居未必暖，粗茶淡饭见真情。左手记忆，右手年华，遇见该遇见的，拥有能够拥有的，珍惜应该珍惜的。回眸处，总会有一盏灯，是为了照亮你而准备的；总会有一张笑脸，是为你而绽放的。

有一天，当我们遇见真爱就会明白，曾经经历过的波折也好，伤心和眼泪也罢，只是让我们学会懂得独立和自爱，也懂得包容、理解和成全。那些一个人经历过的孤独和奋斗、委屈和痛苦都是在磨砺我们成为更好的人，从而遇到更好的人。所以，相信自己内在的力量，相信自己值得被爱，相信一切都是最好的安排。

至于义无反顾的那一段，在你以后的记忆里，或许只是一个一笑而过的故事罢了。虽然傻气，但也算成长，对吧。

我爱你爱得不多，一分钟只爱了六十秒

白羊座骨子里有着英雄主义情结。白羊女会倾心于令她佩服的男人，她要嫁给一个让她引以为傲的丈夫。而白羊男则会被气质独特、聪明伶俐的女孩所吸引。

白羊座比较欣赏事业有成的人，但这并不表示他拜金。当他遇到让他倾慕的人，整个黄道十二星座里便属白羊座最死心塌地。

白羊座很会疼人，恋爱的时候非常热情，像一座火山，很黏人，恨不得把所有好的都分享给你。

白羊座性子比较直，分手后就失去联系，冷得像一座冰山。被白羊座爱很幸福，但爱白羊座却不容易。

我说不出来为什么爱你，
但我知道，
你就是我不爱别人的理由。

你知道吗？当你真心渴望某样东西时，神都会帮助你。

爱情的世界很大，大到可以装下很多很多委屈；爱情的世界也很小，小到三个人就挤到窒息。感情不在乎有多少，只在乎有多好。

对你好的人就像末班车，如果错过，就再也没有了；于你真挚的情就像牙齿，一旦掉了，再装也是假的。

对你好，不是你有多好，而是懂得你的好，明白你的重要；对你真，不是图你的回报，而是用满腔柔情，换取你疲惫时能停靠在他身边。

有一种感情只能用心去储藏，你们不会放任自己去散出耀眼的爱情光芒，不会放任自己去燃出爱情的火焰，你静静地想他，默默地念他，在你快乐的想唱歌欢跳时，你会第一时间告诉他，因为你希望他会在你身边，一起分享你的快乐和无忧，一起拥抱幸福……

平实无华的日子，相爱的人不会因为一句分手而结束，更不会因为一个错误而真的做到一次不忠百次不容。相爱的人会在感情的曲折里一起成长。只要经过一个曲折并且熬过去，爱就增长了一点，再经历一个曲折又熬了过去，于是大家学会珍惜对方。就这样一路走下去，两人彼此懂得对方的好，爱也就越来越深，深深相爱着，不会再分开。

不要认为后面遇上的就是更好的，因为现在拥有的就是最好的；不要因为异地恋而放弃，爱情可以和你一起远行；不要因为对方不富裕而放弃，勤劳可以让你们富裕；不要因为父母反对而放弃，你会发现因为这个原因而放弃的爱情，将是你一生的悔恨。

踏踏实实找一个爱的人一起生活。对于世界而言，你是一个人；但是对于他而言，你是他的整个世界。

你喜欢他，他也真诚待你。没有秘密，没有背叛。性格不同可以磨合，习惯不一样可以适应。只要有一颗想一直走下去的决心就好。因为幸福从来都没有捷径，只有用真情和珍惜来经营。

作家陈丹燕说：“爱之于我，不是肌肤之亲，不是一蔬一饭，它是一种不死的欲望，是疲惫生活中的英雄梦想。”全心全意地去爱吧！其他的，交给命运。

你 不 开 心 就 欺 负 我 好 了 ，
反 正 我 那 么 喜 欢 你

“暖男”已经不足以形容恋爱中的白羊座了。火象星座的男人都是“烫男”，毫不吝惜地为爱燃烧，像火一般的追求攻势，分分钟沦陷。对白羊座来说，爱情里有时候纵容与关注也是极为重要的。

白羊座喜欢在爱情中主动追求对方。一旦他真的决心跟随你，那么你用再过分的方式对待他，他也不会觉得过分。

他任你欺负，任你发泄情绪，不是因为软弱。对白羊座来说，真心爱了，还要什么面子呢？不论这是傻还是单纯，这样的白羊座，愿你别错过。

我把我整个灵魂都给你，
连同它的怪癖，耍小脾气，
忽明忽暗，一千八百种坏毛病。
它真讨厌，
只有一点好，爱你。

《圣经》里说：爱是恒久忍耐，又有恩慈。

而我们常说：当一个人真正投入爱情，他一定会变成笨蛋。

这个世界上，总有一个人，治得了你。只要看到他，你的坏脾气自然收敛起来，变得驯如羔羊。只要看到他，你的沮丧会消失得无影无踪。跟他一起，你才发现自己从没这么温柔过；跟他一起，你会努力表现得聪明些。爱上了他，你有点怕他；爱上了他，你开始相信命运。是否前世你欠了他什么？

喜欢一个人，在一起时会很开心；爱一个人，在一起时会莫名地自卑。

喜欢一个人，永远是欢乐；爱一个人，你会为他流泪。

喜欢一个人，当你想起他会微微一笑；爱一个人，当你想起他会对着天空发呆。

喜欢一个人，是看到了他的优点；爱一个人，是连他性格最丑陋的一面都能包容。

喜欢，是一种心情；而爱，是一种感情。

曾经你以为，爱情最难的是在一起。因为有那么多的困难需要克服，两个人如此不同，阻碍永远比好运多。而且，还要有一连串的机缘，让两个人同时相信冥冥之中有所安排，才能相爱。这些，需要上天的眷顾才行。否则，一瞬间缘分就可能变成错过。

后来你才发现，爱情最难的，是从一个人变成了两个人。你见过他笑颜如花，也见到了他怒火中烧时的狰狞；他感受到了你的体贴入微，也感受到了你偶尔的忽略。

其实，当你爱上一个人，就赋予了他“欺负”你的权利。

我们享受着对方的好，也心甘情愿地包容着对方的任性和小脾气。正如那句：因为爱过，所以慈悲；因为懂得，所以宽容。宽容只和爱的深浅有关，有多深的爱，就有多少宽容。

陪伴一世的是一颗心、一种心疼、一份包容、一份笃定不移的执着。将就什么都别将就爱，错过什么都别错过真爱，找一个真正爱的人，才会有真正的幸福。感情，慢慢品才会懂；人心，细细看才明了。

看得见的好都是讨好，感受得到的好才是真好。

能拴牢一颗心的，未必是爱情，而是呵护。享受别人的照顾，的确是会上瘾的。爱你的人，不管你怎样独立，在他心里还是会把你当孩子一样关心、照顾你。而不爱你的人，只会觉得你无所不能，根本不需要照顾。这就是为什么“爱你的”总能打败“你爱的”。

若爱请深爱，若弃请彻底。不要暧昧，伤人伤己。此外还要告诉你，每个爱人都不是完美的，这个男人可以给你忠诚，另外一个男人可以给你浪漫，还有一个男人可以给你财富。

但是一个人真正的幸福不是得到的更多，是计较的更少。这样的话也许你们将来的爱情生活会更为顺畅一些。

一个人不管有多好，首先他是你的，才有意义。爱情到最后，不是比谁更出色，而是看谁能留在你身边。所以，最好的那一个，不是来自星星或是未来，而是来自身边。

所谓一辈子，就是死心塌地地陪着你。

我们孤单地来到这个世界，不过就是为了找到一个人，相爱和被爱。

情书是抄的，
但我爱你是真的

思维方式有些怪异的白羊座，不管是交友还是结婚，只要他认定其情不忘，自会义无反顾，既不婆婆妈妈，也不虚情假意。

白羊座情感单纯，襟怀坦荡，光明磊落，不介意世俗对爱情的偏见。

如果谁威胁到了白羊座的所爱，性情刚烈的他会将爱人保护在自己的身后，为其击退一切困难烦忧。

无人问津的渡口，总是开满野花，
就像我爱你，
却笨拙地不知该如何告诉你。

爱源于一种感觉，这感觉有些像海市蜃楼，美则美矣，却太虚幻。

是的，说爱是很容易的事情，写一封情书也不是很难，做出一个爱的承诺也就仅仅是开出一张空头支票。

不是一见钟情再则日久生情的；不是得不到的才是最好的；不是距离产生美，也不是寂寞比浪漫可靠。爱情是没有逻辑可言的，各有各的姿态，你爱了，便是爱了。

他寄来的照片，已经集满了一本厚厚的相册。

他的每张照片都笑靥如花，背后是一大片一大片的阳光，既美好又夺目。

他寄来的明信片，已经存满了厚厚的一叠，有些已经布满尘埃开始泛黄。

你路过他去过的每个城市。

想象他曾经也像你这般，抬头看向那片蓝天，闭着眼睛深深地呼吸，那时候的风是否也曾经吹乱他的发梢。

他提过的那个书屋，他去过的那个咖啡馆，他路过的那个街角，他拍过照的那棵树。一切都那么清晰，想像他那样，一一地走过这些地方，然后情不自禁地拿起手上的相机把它们都定格。

你都是这样，一边走着他走过的地方，一边想象着当时的他站在这样的地方都做过了些什么。这样的想象有些冷涩无趣，但在你看来却特别地贴近他。手里还捧着他寄来的明信片，对照着真实的地方，总在心里质疑着。你终究还是来到了他曾经停留过的城市，有些熟悉感在想到他的时候突然冒了出来，没有任何预兆。

从飞机到火车，到高铁到巴士，到地铁到公交。你不知道现在的自己有没有靠近他一点。随手摘的那片叶子开始在日记本里干枯的时候，你发现，你的日记也开始在那样看似接近他的日子里荒芜。

可能有一天在风里，他可以和你的心情偶遇，不知道那时候会不会跟你的心情谱写出一首悠扬动听的歌或是枯燥苦涩的词曲。

亲爱的，这世间许多的来不及，都是因为当年的不勇敢。

去见你想见的人吧，趁阳光正好，趁微风不噪，趁繁花还未开至荼蘼，趁现在还年轻，还可以走很长很长的路，还能诉说很深很深的思念。

趁世界还不那么拥挤，趁飞机还没有起飞，趁现在时光还没有吞噬你们的留念，趁现在自己的双手还能拥抱彼此，趁我们还有呼吸……

能牵手的时候，请别肩并肩；能拥抱的时候，请别手牵手；能相爱的时候，请别说分开；拥有了爱情，请别去碰暧昧。我们终极的目的不是归宿，而是理解、是默契，是要找一个可以边走边谈的人。

当你想念一个人的时候，尽情去想念吧。也许有一天，你再也不会如此想念他了。到了那一天，你会想念曾经那么想念一个人的滋味。当你爱一个人的时候，尽情去爱吧！也让他知道你是如此爱他。

也许有一天，当你长大了，受过太多的伤，失望太多，思虑也多了，你再也不会那么炽烈地爱一个人。

第二辑

祝你幸福是真的，祝你们幸福是假的

白羊座是单纯的，思想也很简单，不懂得搞所谓的暧昧关系，对他来说喜欢就是喜欢，不喜欢就直接拒绝。若你爱他，他会加倍对你；若你不爱他，他绝不会勉强你留在他的身边。所以，暗恋这种事发生在天生骄傲的白羊座身上，也不足为奇。

白羊座很念旧，回忆对他来说就是精神支柱，但从不将心事声张。不管过了多少年，白羊座总会在心底深处默默地为爱过的人留一个位置，不吵不闹。白羊座不会让别人在他高冷的气场中，察觉到他内心的柔软。

如果你是白羊座爱过的人，那么别担心，他不会日日夜夜地怨恨你，更不会在外人面前数落你的。如果你在未来收获了幸福，请不要告诉那只敏感脆弱的白羊。他会祝福你，却很难接受别人给你幸福。

但凡错过的，总是最登对

白羊座常因为一个人的一句话而彻夜失眠，却从不会被一个人的一句话打败。

白羊座可以看着喜欢的人转身离开，却不肯开口挽留；可以面对深爱的人，却绝口不提喜欢。

白羊座害怕孤独，好想身边有可依赖的人，却从不曾真的去依靠谁。当爱情离去，你永远不会在白羊座的脸上看到丝毫表情，他们将自己伪装成一个看戏的人，而泪水只往内心倒流。

摘不到的星星，总是最闪亮的。
溜掉的小鱼，总是最美丽的。
错过的电影，总是最好看的。
失去的情人，总是最懂你的。
你始终不知道，这是什么道理。

人们只承认那个深爱和在意过的人是前任，而前任也曾是对的人。

你怕旧地重游，最怕眼前的景象依然如过往，却唯独不见了曾经那个人。

你最怕独自想念，却无人在身边；最怕深夜时寂寞嚷闹，却没人回应；最怕那个很爱很爱的人，突然哪一天，就消失得像一场梦。

于是很多回忆中的那个人，都被你留在了照片里，而拍照的好处，是可以在人生微凉时，用回忆取暖。

回忆里的那个人，他还好吗？现在流落到了哪个人的世界？那里是否色彩缤纷、繁花似锦？那里是否也有一张爱笑的脸？

回忆里的那个人，他还好吗？当时走得那么决绝，现在是否如鱼得水？时间又回到了你们分开的季节，你们的青春停留在你们争吵时期，你们的偏执把昨日的美好搁浅了。

回忆里的那个人，他还好吗？当他向别人承诺昨日之誓言时，可曾知道至他转身之后，你的世界是什么颜色吗？可曾对你有一秒的内疚？那些说好的幸福，可曾关心过你放下了没有？

回忆里的那个人，他还好吗？偶尔还会有人问起你们的曾经，当他的名字划过你的耳边时，你才清楚地知道，世界上最短的咒语是一个人的名字。

回忆里的那个人，他还好吗？面对昨日的誓言，他是否也会心酸？当你们的故事传到他耳边，他是否会感慨万千，如果很久以前你们爱下去会怎样，是不是也该有一个幸福的家？

回忆里的那个人，他还好吗？两年以后的今天，你终于肯把那微微发疼的青春埋葬心头，你不会再爱他了，不再等他了，不会再恨他了，他会不会有一丝失落？

对于真心爱过的人，相忘于江湖，是离开对方生命里以后，对彼此最大的尊重和慈悲。这段路，你们只能陪彼此到这里了，即使当初是真的打算为对方赴汤蹈火。

正是因为遇见过这一个又一个的前任，因为一次次地被爱和爱过，你才更明白爱情，才会在日后漫长的岁月里学会善良、祝福和珍惜。

但愿在不经意的时候，回眸远眺，看着一路走来的脚步，有苦、有甜、有笑、有泪。在走走停停之后，放慢了匆忙的脚步，还能感受那一路走过来的弥足珍贵，感受曾经的那份情，曾温暖了生命。

为什么人们总是不懂得珍惜眼前人?

在未来预知的重逢里，每个人都以为总会重逢，总会有缘再会，总以为有机会说一声对不起，却从没有想过每一次挥手道别都可能是诀别，每一声叹息都可能是人间最后的一声叹息。

或许到最后，你们终将彼此忘记，但在这么长的人生里，有人曾值得你爱过，是多美好的事。

所有的刻骨铭心，有一天都会在嘴角微微的笑意中得到诠释，感动在心的依然是岁月留下的嫣然。何况，有些爱，时光会替你记得。

也许有一天我会忘了你，也许我会更爱你

如果你不能永远守护白羊座，就不要说爱他，也不要说会保护他一辈子。

白羊的笑永远都是最单纯的，无论什么时候你都会看到一直都在笑的白羊，因为他一直都只想把自己的快乐带给别人，而把悲伤留给自己。

当你看到白羊的眼泪时，就说明你是真的把他的心夺走了，白羊座真的很需要一份不变的依靠！

你是我内心深处的柔软，
曾经想恨却仍爱到骨子里。
我爱你，
只是，我似乎不想再喜欢你了。

人生有三样东西是无法隐瞒的：咳嗽、贫穷和爱。你想隐瞒，却欲盖弥彰。

人生有三样东西是不该挥霍的：身体、金钱和爱。你想挥霍，却得不偿失。

人生有三样东西是无法挽留的：生命、时间和爱。你想挽留，却渐行渐远。

人生有三样东西是不该回忆的：灾难、死亡和爱。你想回忆，却苦不堪言。

我们总是在不断地告别，不断地说再见。这样的告别每天都在不同的城市、不同的角落演绎。有些告别只是为了再次再相见，可有些告别却成了再也不见。

当爱情突然来临，你快乐得像小鸟，啁啾于枝头；当爱情突然有一天远走，是否该默默承受？

缘起缘灭，缘浓缘淡，也许真的是有的人注定被等待，而有的人注定要用一生去等待某个人……不知道从什么时候开始，你习惯了这样孤寂，静静地品味曾经。心，也便在袅袅韵律中氤氲。

明明知晓，那曾用整个青春筑建起的最美好的东西，崩塌消亡后，就是怎么也记不起它原本的样子，就好像从未拥有过一样。但那些过去的画面从记忆边缘拉回，在脑海中纷飞后逐渐拼凑完整，就像失忆了很久，突然恢复了一样。

可能人总有点什么事，是难忘记的。

总有那么几首歌，你听着听着就会悄然泪下；总有一些故事，想要用笔记录；总有一个人，让你一生难以忘记。

月色迷人的夜晚，朦胧的灯火，孤独的星辰，如此安静的环境，总是会让自己的思绪飘到很远。

每个人的心目中，总有那么一个人，因为太多的理由，太多的放不下，会想用一生去守望。会想起很久没有再翻的一本书的某段故事，会想起很久没有联系的某位朋友，会想起让自己心动过又心痛过的他。

大多数人，在感情突然终结的那一刻，其实都感受不到所谓的痛彻心扉，没有伤心也无难过，只是心里好像被挖了个窟窿。随着时间抚平后知后觉的痛楚，那个窟窿也会在不知不觉中扩大，而它所挖走的，便是记忆。

你可以花费无数的时间纠结于往事，拼命去理清思绪，试图证明哪些事本该或是应当发生。或者，你也可以去选择让如烟往事尘封在你的记忆深处，然后就跨出家门去呼吸一些新鲜空气。

如果一生都是在怀想一个人，不知道是怎样的况味，想必有着甜美的记忆，也有着回不去的酸楚与无奈。

选择去忘记一个深爱的人，忘却曾经的忧伤，忘却遗憾。想要忘记也许未必是薄情，只是想用悠然轻松的姿态去面对未来的时光。

世间情多，真爱难说，曾相惜的一段情，不要说真爱无情，至少你们曾相遇相知，至少你们曾相恋相思；有缘无缘，一切随缘，曾相牵的一双手，不必说不堪回首，至少你们曾相偎相依，至少你们曾相伴相拥。

人世间真真假假，虚虚实实，谁又知道最后的结果？

爱是一种感受，即使痛苦也会觉得甜蜜；爱是一种体会，即使心碎也会觉得幸福；爱是一种经历，即使破碎也会觉得美丽。爱需要勇气，一种不怕痛的勇气，于是你告诉自己，即使是飞蛾扑火，也好过从未爱过。

无论后来的结局是释怀遗忘还是执念深爱，爱过了，别问缘深缘浅，珍惜过，便已是永远。

你是我唱到喉咙沙哑，也未完成的情歌

白羊座爱得起，但是不容易放得下。

白羊座喜欢追问你的过去，但又害怕知道你的往事，因为害怕有人比他得到过更多的你的爱。

白羊座喜欢自欺欺人，一直说以后一切都会好。而人群中只有那些知道背后情节的人，才明白白羊的眼泪和努力。

白羊座很坚强，却也很脆弱。

你是我穷极一生也没做完的一场梦；
而我是你一念之间就刮过的一阵风。

一生至少该有一次，为了某个人而忘了自己，不求有结果，不求同行，不求曾经拥有，甚至不求他爱你，只求在你最美的年华里，遇到他。

情话虽美，却也伤人。其实，许多事，从一开始就已经料到了结局，往后所有的折腾，只不过是为了拖延散场的时间。

有的人把心都掏给你了，你却假装没看见，因为你不喜欢。有的人把你的心都掏了，你还假装不疼，因为你爱。

每个人都会犯错，你若真的深爱一个人，无论他以前如何对你，无论他犯什么错，你都会去原谅，甚至为他找理由。你若不爱一个人，可能对方只说错了一句话，就立刻翻脸分手。原谅这件事，只和爱的深浅有关。有多深的爱，就有多少原谅。

是谁在午夜诉说着那片如璃心事？那纠结在心底的落寞和着那缠绕在枕边的青丝，一圈一圈，一轮一轮。轻拾一片，握于掌心，轻轻吹平那岁月所留下的印记，一遍又一遍。

时间久了，懂的就多了；体会的多了，联想也就多了；情感丰富了，也就复杂了；矛盾了，伤感了，敏感了，受的伤也就深了。然后再去寻求简单，发现再也简单不起来了。

当你惆怅的笔端发散出最后的幽怨，折叠着一份奢望，想在消散的时光里镌刻下如梦般的韶华，谁都懂得放弃是最好的结局，也许，是你过于执着。

现在才懂，原来一个人可以难过到没有情绪，没有言语，没有表情。

曾经的你，小心翼翼地爱他，怕自己在他心里消失，现在的你，突然明白，即使你再怎么用全力爱他，他终究不是你的，爱一个人不是一颗心扑上去就可以。

如果一个人爱你，即使你不够好，你任性，他依然会觉得你重要，原来并不是你做得不够好，而是你从未走进他心里而已。

他不喜欢你，你故意漂亮地出现在他身边是没用的，你送他的糖是不甜的；隔三岔五发的关心短信，在他眼里跟售楼短信的性质是一样的；你在状态里更新的小心思他是看不懂的；你哭得死去活来他也会不痛不痒的。他是你的生活背景，而你是他的甲乙丙丁。

不要以为是他本来就很粗心或相信他是一个粗心的人。遇见自己真爱的人，懦夫也会变得勇敢；同理，粗心鬼也会变得细心。你要选择让你快乐的人来共度余生，而不是你必须努力取悦的那个人。

那个人带给你感动和眼泪，教会了你什么是爱情，也教会了你什么是痛苦。他一对你笑，你就觉得全世界都美好了，可你终将明白，他肆意地把他的名字随便刻在你心里每一处，却从不管你疼不疼，这样的人是很好，可是这样的人，不遇见是不是更好?

当初有些事，让你刻骨铭心；曾经有些人，令你难以释怀。你一路走来，终将告别一段往事，走入下一段风景。路在延伸，风景在变幻，人生没有不变的永恒。

人与人之间，没有谁离不开谁。只有谁不珍惜谁，一个转身，两个世界。等你走远了，再回头看，很多事已经模糊，很多事已经淡忘。而那段属于你的记忆，牵连着你的快乐和悲伤，牵连着你的年少无知和义无反顾，这才是你真正要珍惜的地方。

与某些人的缘分，就像在夜色中开的花，黎明之前即自行默默凋谢，且将永不再开花。那是属于月光与阴影的情缘。走出了那段城池，还是要继续赶路。

总有一天，你会对着过去的伤痛微笑。你会感谢离开你的那个人，他配不上你的爱、你的好、你的痴心。他终究不是命定的那个人。幸好他不是。

没有谁能够一直等谁，攒够失望的人自然会放手。某个人欠你的，会有另一个人还给你。

在不同时间的节点，爱情这件事，总体来说，是守恒的。

我还爱着你，
只是少了非要在一起的执着

如果你心里有了别人，告诉白羊。白羊会停止他的自作多情，他会永远退出你的生活。因为白羊做不到和别人分享你的爱，更做不到当你幸福路上的绊脚石。

在一份感情里，可以看淡一切现实与物质，除了爱与坚持，白羊别无所求。

原谅我是白羊座，要么百分百，要么是零。

一路泥泞，漫天花瓣。
零散的足迹演奏失落的记忆，
而不知情的你，
可曾感觉到我逐渐的无力。

有些风景只能喜欢却不能收藏，就像有些人只能遇见却不能久伴。

成长中的我们，总是遇到难忘的刹那悸动，也许只是时光深处的惊鸿一瞥，却足以让年少的我们沉醉于一个华丽的梦境。藏在风中的那些难以破译的密码连同岁月一起，被我们搁浅在青春的记忆里，琐碎而凌乱，不管是否与爱有关，始终会没有缘由地记起。

爱，那么短，而回忆，却那么长。思念，很无力，那是因为你看不到思念的结果。也许，思念不需结果，它只是证明在心里有个人曾存在过。是不是能给思念一份证书，证明它曾存在过？

从陌生到熟悉，从相知到相忘，一个简单、无奈的过程。犹如花开花落自有时，春去秋来无须问。

最初的爱在日复一日中逐渐被稀释，无情的岁月把过往中一切洗涤得苍白无力，爱与恨就像一朵开到荼蘼的花，蹉跎着旧时光。

是他无心，还是你多情？是誓言太轻，经不起岁月的辗转，还是爱情原本就是一场撕心裂肺的旅程？有些人究其一生，都无法明了。

恋恋红尘路，有些人，陌路便不再相见，互不打扰。天涯与海角，此岸与彼岸，终究是一条无法逾越的沟壑。也许是时间太短，回忆太过漫长，那些脱口而出的誓言，都被秋风吹散了，化为天边的缕缕炊烟，迷离间，不舍离去的，是恋还是叹？

爱一个人，不是一定要天长地久地厮守。爱的方式有很多种，不一定拥有才是幸福。有些爱，只适合深深地藏在心里，说出来就是错；有些人只适合远远地看着，走过了，就会失去。他已经走了，就不要再去纠缠。爱要爱得投入，放要放得干脆。

每一场爱情都是一次华丽的冒险，不论结局如何，曾经穿越了那些的时光只属于你。此时虽然已各奔东西，两个生命纵然不再有交集，那又如何？永恒与否不是在身边与否，永恒只存在心间。

不要勉强自己，爱一个人没错，爱情更没错。不要在时光里逼迫自己去忘记某个人、某件事，因为时间到了，你就算绞尽脑汁也不会对那些事有一星半点的印象。能用爱去解决的事，为什么非得要用怨恨去铭记呢？反正，最后的最后你会发现，其实，也没有很难过。

每个人在发誓的时候，都是真的觉得自己一定不会违背承诺，而在反悔的时候，也都是真的觉得自己不能不违背承诺。所以，誓言这种东西无法衡量坚贞。

痴情如你，你从未放弃过爱他，只是从浓烈变得悄无声息。喜欢了那么多年的人啊，越是在乎，越是与自己无关，他在你的世界里撒野，你在他的心里拾荒。后来，你学会了释怀，倒不是真的放下了，不过是认命罢了。

爱是生命里一笔真正珍贵的财富，一笔永远只会太少而不会太多的财富。你执着地保留着对他至高的爱意，是因为你明白，爱是你今生最美丽的拥有。为了他，你真诚无悔地爱过、恨过、笑过、哭过，而且学会了毫无保留地付出。

年少的爱情是信仰或者是沿途的风光，都不再重要。重要的，时光已经泛黄，过不去的都过去了。是谁说的，有些爱终是散落在人海。

前路漫长，每个人，都会更幸福。你愿他往后有酒、有肉、有爱人，有悲、有喜，还能热泪盈眶。有一种爱叫作纵然此生不见，平安唯愿。

你在我心上，别来无恙

白羊座很容易相信一个人，执念一份感情，哪怕是在受伤之后，白羊依旧是属于藏起伤疤继续爱的那种人。

白羊座把所有的感受吞进灵魂里，折磨着自己，时刻不曾停歇。事实上，一点点儿跟伤痛有关的事物，都可以刺伤白羊的心。

从前，你以为爱情可以填满人生的遗憾。
后来才发现，制造最多遗憾的，却偏偏是爱情。

有那么多事情你无能为力。比如生老病死，比如时光流逝，比如你还想着他。这是最深的秘密，也是最深的思念。

你还是会想他，在和别人聊天的时候，会不自觉地点开他的对话框，看着他黯淡的名字发呆。和朋友在一起的时候，无意识地提起他，给他们讲述那些你总念念不忘而他们也许都烂熟于心的事情。在发现难得一见的美味的中餐馆时，想如果他能和你一起分享，那该是多幸福的事。

你还是会想他，行走在宛如画境的美景中时，会想象着如果你能与他携手同行该有多好。在聚会上觥筹交错、衣香鬓影的时候，一个人默默地走到安静的角落，想一想千里之外他在做什么。在别人无意中提起他的名字时，心内又酸又咸，中间夹着一缕甜。

你还是会想他，在别人伤害了他，对不起他时，比自己受了委屈还难过，还要难以忍受。在看全球天气动态预报时，关注他所在的那个时区更甚于你自己的。

你还是会想他，在走到某个路口的时候会想起他，看电影看到一半的时候会想起他，听到一句歌词的时候还会想起他。

思念，如一缕袅袅不尽的青烟，落于笔端之时，总有丝丝的甜蜜与心痛相伴！是的，思念是一个如诗一般美丽的话题，然而，细细品味，更多的往往却是无奈和酸涩。

思念本没有季节相隔，或许，时而会有浓淡深浅的表达，如春的温润、夏的火热、秋的诗意、冬的深沉，都是主题的不同演绎而已，深爱着，思念便会如季节的变化而起伏。

思念，是一首忧伤的歌，泪眼相对，却咫尺天涯。

你说，“人生就像一场舞会，教会你最初舞步的人，却未必能陪你走到散场。”然而，我们真的有那么多的机会走下去，却在相同的十字路口，不约而同地选择了转身。

错过了的人，默契地消失在人海，成了见不到也不能去见的“陌生人”。只是，春去春来、潮生潮落，可不可以轻轻地问一句：“陌生人，你还好吗?”

起起落落的际遇，到头来一句“别来无恙”，胜过一万句

“我爱你”。你左思右想，跟命运所做的全部交易中，遇见他，这一单最划算。

其实这个世界上没有那么多的如果，有时候，我们一瞬间失去的东西就是永恒，有些人一错过就是一生。

回忆是一场梦，再爱也不相逢。

我 还 在 这 里 ，
只 差 你 一 个 回 头

白羊座身边总是少不了异性的簇拥，也因此很多人都说白羊花心，但事实却不是这样。

喜欢和爱是不同的。白羊座喜欢新鲜的美丽的事物，所以他乐于认识更多的人和事物，但也只是在他心里轻轻拂过而已。若白羊真的爱了，不论这个人多差，也会捍卫对方在自己心里的位置。白羊座爱一个人，一爱就是多年。

假如我始终不曾放手，
多年以后，
你是怪我还是感动？

这世界上，说爱你的人很多，但是说爱你的人不一定等得起你，一直等着你的人，一定很爱你。

有人告诉你，鱼的记忆只有七秒，七秒之后它就不记得过去的事情，一切又都变成新的。所以，在那小小鱼缸里的鱼儿，永远不会感到无聊。你宁愿自己是一条鱼，七秒一过就什么都忘记，曾经遇到的人，曾经做过的事，都可以烟消云散。可你不是鱼，无法忘记爱的人，无法忘记牵挂的苦，无法忘记相思的痛。

有这么一个人，你为他浪费了青春，错过了爱情，却依旧傻傻地守候，即使你知道，不管等多久他依旧不会回头；即使在喜欢他的每一分每一秒，都夹杂着痛苦与甜蜜；即使痛苦一次次让你落泪，可你依旧学不会放手。

你说："你从喜欢上他那刻起就认输了。"你说："你看，我输到心都空了。”在真实与虚伪之间往复，在信与不信之间来回，这是恋人与信徒的共同特征。

你曾说爱情不会轻易悲伤，那些旧时光也恰似他的温柔，回放在脑海中不肯消散。记忆的炎夏，天空蓝得像要掉眼泪，有些记忆散落在风里飘散。

他的温柔曾飘荡在那个角落，用来治愈你浮躁的思绪。可那些依稀的片段，不过是堇色年华中斑驳的倒影，微风一吹，那些美好就散了。

一个人要死要活想得到你，这不是爱情，而是占有欲。一个真正爱你的人，并不会想尽办法来得到你，不会满口谎言地骗你，不会花言巧语地取悦你，而是用心地帮你，一心为将来打算。爱你的人有时候连死缠烂打都做不到，只是默默受伤，默默看你。

如果寂寞与孤单对弈，如果时间与爱情赛跑，谁输？谁赢？我想，缘来缘去，都是一场没有结局的赌注。

爱情是一场感冒，是你迟早都要得的病。但要相信时间之于爱情是一服良药，是一种解脱，它让原本熟悉的变得陌生，疼痛的沦为麻木。最后的最后，一切又归于平静。

那些相依相偎缠绵悱恻的昨天，那些过往中的温暖与薄凉，那些惊艳了一段岁月的感动，那些发生在短暂时光中的小浪漫，那些因为爱情卑微着低到不能再低的身影。如今，都随窗外的片片落叶，零落成泥碾作尘，再也无法找寻它们来过的痕迹，也许，只有这些零落的文字知道，也许只有路边光秃秃的枝丫知道，它们曾刻骨铭心地来过。

经年以后，再忆起，是微笑，还是沉默？只是不知道，那时的眼眸会不会流出此刻的泪。

爱情，也许在你心里还没有完全消亡，但愿它不会再打扰他。你曾经默默无语地，毫无指望地爱过他，你既忍受着羞怯，又忍受着嫉妒的折磨，你仍愿上帝保佑他，另一个人也会像你一样爱他。

感恩世间所有的缘，眼光交汇的那一刻，抵得上人间万千的暖。或许这一生，总有一抹眷恋是你的千回百转；总有一抹牵念越得过千山万水；总有一个人是你心底里的永远；总有一段情是你的刻骨铭心的回眸。

心伤也不是坏事，说明你曾经付出过。

不是所有的执子之手，都能够与子偕老；也不是所有的相遇，都能演绎成传奇。遇到了，便珍惜，珍惜了就是永远。远去的光阴里，每段故事都会苍老，唯愿故事里的你一直都好。

如果一段爱情总是让你哭，寻死觅活，那这就不是爱情，而是遭罪，你之所以不忍心斩断，只是不忍心自己多年来的付出鸡飞蛋打，就像走进了死胡同里，却还要用指甲挖出一条血路来。

如果一个人的出现让你日益丢掉生存的意志，一切以爱之名的继续付出都是自我戕害。只要你勇敢地说出再见，生活一定也会赐予你一个新的开始。

如果爱要用嘴巴说出来，那哑巴怎么相爱

白羊座不习惯做出承诺，他最擅长的事是难为自己。

白羊座总是固执地认为自己有超乎寻常的承受力，他将自己想得太坚强，而把别人想得太脆弱，他以为自己可以是一个百毒不侵的人，将所有的情绪、思念以及不抱希望的爱，吞进心里，慢慢消化。

这一生，一定要经历一场暗恋。
为此思量，为此忐忑，为此殒身不恤，
体会此间暗涌的强大力量，
诧异于一场奇迹悄然盛放。

暗恋这种事好比耳机里的音乐声。即便对自己而言是包裹整个身躯的震耳欲聋，旁人却仅仅听得见一缕泄露的细小杂音。

有些故事，不一定要讲给别人听；有些悲伤，不一定谁都会懂；有些伤口，时间久了就会慢慢长好；有些委屈，受过了想通了也就释然了；有些伤痛，忍过了疼久了也成习惯了；有些藏在心底的话，不想说也就没必要说了。其实，并不是所有的痛都可以呐喊，不是所有的爱都可以表白。

爱一个人，说不说真的没那么重要。不说未必不爱，说未必爱。爱与不爱，不在于说不说，而在于做不做。爱一个人是不由自主地关心你疼惜你想念你，都不要你说，他自己会主动去做。

爱是最大的主动。相反，那种要来的东西就如强扭的瓜，总没有那么甜。可以勉强自己，别勉强爱，勉强的不叫爱。

喜欢一个人是一种事实，爱一个人却是感觉。事实容易解释，感觉却难以言喻。

寒冷的冬天总是伤感无数，夜总是那样的静，那样的孤独。有些话，说的人动动嘴，听的人却动了心。真正爱一个人是无法说出原因的，你只知道无论何时何地，心情好坏，你都希望这个人陪着你，真正的感情就是两个人能在最艰苦中相守，毕竟感情是付出，而不是只想获得。

能够称得上爱情的，一定是一种深沉的情感，它是一种静静的付出、默默的相守、无言的挂念、深深的祝福。

很多时候，它是一种不能表达的情感，翻涌的激情在胸中澎湃，但是你只能任浪潮汹涌而来，而后待它静静消退；万千的话语在口中即将喷涌而出，但是你只能嚼碎了咽进肚子里，让一切消逝于无痕，那是一种只有自己才能体味的辛酸。

或许有时你深爱一个人，但是你永远都不

会说，不能说。

他悄然无声地走进了你的心里，却没有走到你的身边。他存在于你心灵最柔软的角落，在你悲伤或者开心时都会想起他，他是你记忆里的一个盛夏，是最绚丽的邂逅，也是最凄迷的结局。

淡淡地坐在青春的渡口前，守着一份纯真的执念，翻阅着光影的流年，一幕幕情感的归依，把破碎的记忆装点。怎样一个偶然的开始，一个朦胧的瞬间，竟让无尽的思念如流水般漫延，青春的独幕剧就在此时上演，那个人悄无声息地走进你的故事，而你走上了青春的另一个舞台，从前到后只有一个人，却演绎着两个人的心酸。

时光在寂静的无言中逝去，夹杂着寒冷的气息，青春的洪荒，把一条条盘根错节的心绪纠结在了一起。每天对着自己的影子期盼，希望能够天天见到他，然后在他的面前展示一个上满了发条的自己，希望能够尽心竭力地为他分担，卸下他愁锁的心绪，给他一个温暖的臂弯支撑他。

总是费尽心机地遨游于书籍的世界，希望能够找到让他开心的话语然后说给他听，因为每次看到他开心的笑容，都是你一天幸福的开始。

你不知道，为什么每次一见到他就会乱了心扉，慌了举止，熄了孤寂。你不知道，为什么每次看到他和别人在一起，你就会莫名地油然而生一种醋意。你不知道，上苍为什么安排他和你在这样迷人的地点相遇，却又在你们之间许下一个无言的结局。你更加不知道，为什么会为了他的一个莫名的赞许而高兴不已，为什么会为了他一个忧伤的表情而让你的世界走向寒冷的冬季。

其实你知道：你爱他，真的真的很爱他。你对他的爱是如此强烈，甚至迫切地想要对他说出爱意，然而你却没有足够的勇气，因为你害怕无法逾越你们之间朋友与爱人的距离，你害怕在你向他表达心意的那一刻，他不会接受你，然后像对待陌生人那样对待你，为此你宁愿做他生命中的配角，在他的背后默默关心他、爱护他、保护他。

你翻山越岭披荆斩棘，铆足了劲儿把自己

变好；你小心翼翼，做很多他不知道的事；你一路飞奔默默关心，藏起自己。你想优秀到可以堂堂正正站在喜欢的人面前，说一句“我爱你”。到头来你战胜了自己，千言万语却化成一句“你好”。

有时爱就是这样，若无其事的问候背后藏着的东西，只有你知晓。

曾经那么深刻地喜欢着、爱着一个人，总好过麻木一生，不与任何人擦出火花。爱过、温暖过、幸福过，即使没有被爱着的人好好疼惜过，遗憾中还是有甜蜜，还是有快乐的，对不对？

不能和他生活在一起也没什么，只要能发自内心地爱着一个人，那么，人生就会有回忆。

毕竟，爱情不一定是两个人的事情。那些偷偷爱着他的时光，是一个人的成长，一个人完整的爱情。

第三辑

别低头，王冠会掉

白羊天生气质非凡，是人中龙凤。白羊座的人生宗旨是“活出自己”。由于白羊天性中有桀骜的一面，于是在与人相处的时候，会不自觉地流露出一种傲慢的姿态。

白羊座的人尤其在年轻时，对自己的态度往往是“我该是天下第一”，不能否认，他骄傲、自信又霸道。虽然如此，所有黄道十二星座的人当中，还是数白羊最热诚、最慷慨。

看到别人笨手笨脚，动作缓慢，白羊座就会坐立不安，沉不住气。如果金钱和荣誉由他选择，他将永远选择后者。他也像所有人一样喜欢钞票，但相比之下，他对夸奖和名气更加情有独钟。

百毒不侵的人，
都曾无可救药过

白羊座不习惯承诺，也不懂得拒绝，他最擅长的是为难自己。

他不想让自己在乎的人难过，只好自己承受。白羊座总是固执地认为自己有超乎寻常的承受力，他将自己想得太坚强，而把别人想得太脆弱。

他总是担心自己的行为会让别人受到伤害，却不知道，受伤的其实是自己。因此，在外人眼里，白羊座是百毒不侵的那一种人。

透支了眼泪，
便会没心没肺地笑。
如果有人可以依靠，
谁会愿意独立。

有时候，你的世界太过安静，静得可以听见自己心跳的声音。心房的血液慢慢流回心室，如此这般的轮回。

你以为，有些伤口，时间久了就会慢慢长好；有些委屈，经过时间的洗礼也就释然了；有些伤痛，痛过劲儿了也成习惯了……然而却在很多孤独的瞬间，又重新涌上心头。

其实，有些藏在心底的话，并不是故意要去隐瞒，只是，并不是所有的疼痛，都可以呐喊。

你累了吧？

你每天嘻嘻哈哈到底在掩饰些什么？是孤独、是无奈、是伤感，还是害怕？为什么你面对着自己在乎的东西总是摆出一副可有可无的样子？为什么总是说一些口是心非的话？

你讨厌别人的敷衍，讨厌等待，在等待的每分每秒里，时间走得那样慢，慢到令人恐惧。

你明明很在乎，却还要装作一副无所谓的样子；明明很喜欢，却还要倔强地说讨厌；明明很生气，却还要微笑着说没关系；明明很害怕，却还要逞强着说无所谓。

你怕失去，怕被丢弃，怕一个人面对黑夜，怕孤独寂寞，怕失落。每次失去一样东西，一个朋友，你都会迷茫、不知所措，可你巧妙地用微笑掩饰了内心的恐惧、害怕。

一个人哭了很久，找不到出口，蜷缩着身体，很冷很冷。不知道还要熬多久，不知道还可以坚持多久。像个精神病患者一样，站在原地发呆，回忆像电影，让你又哭又笑。抽动着身体，堆积太久的感情终于崩溃。你不是个会经常哭闹的人，在夜里却读着别人的故事哭得一塌糊涂。让自己的心伤了，痛了，倦了，嘴里说着无所谓了。情绪为别人左右，落泪的时候，才知道自己一直在为别人活。撕裂的伤痛，牵动着每一处神经。有一种心痛是认输。你在孤独地奔跑，你在绝望中等待一点微弱的光。

痛了后你明白，眼泪解决不了问题，懦弱交换不来同情。人情冷暖、世态炎凉、酸甜苦辣都尝过以后，你只有你自己。

每个人刚刚来到这个世界的时候，都是单纯而善良的。不

about，幸运

星期：星期二

颜色：红色　黄色

数字：5　7　9

珠宝：红宝石

日期：18 号　27 号

花卉：秋牡丹　雏菊　樱花

适合职业：运动员　警察　媒体　设计

理想旅居国及地区：德国　土耳其　巴勒斯坦　日本　委内瑞拉　以色列

植物：石竹　芦荟

运动：滑雪　航海　羽毛球　网球

方位：东向　北向

表白方式：直言不讳

地点：海边　户外

物品：数码产品

场所：热闹繁华之处

是你不能坚守最初的纯净和美好，只是更多时候没有任何掩饰和防护的你，被伤害了，知道痛了，才发现原来不是所有的微笑都能够换得尊重和拥抱。

于是你学着去适应，或者说学着改变，变得不再单纯，变得学会伪装，变得不再是最初的自己。

你开始试着去放弃那些不值得你难过的人，你开始学会在伤痛的时候带着假面微笑，因为你讨厌自己敏感脆弱、患得患失、神经紧绷、无所适从的样子。

落寞地仰天长笑，然后狠狠地爬起来。你不敢倒下，你身后空无一人。你开始在难过的时候学会拥抱自己，你开始不再那么在乎别人。

后来，你也学会了伪装，习惯了冷漠就不会轻易热情，习惯了安静就不会轻易开口，习惯了退让就不会轻易去争取……可你到底习惯了什么？好像是习惯了沉默，好像是习惯了孤独，好像习惯了不快乐，好像习惯了伪装自己。

别人以为你刀枪不入，百毒不侵，却不知你曾经的无药可救。

当你悲伤得难以自持的时候，也许，你需要的不是太多的劝解和安慰，训诫和指教。你需要的，只是能有一个人在身边蹲下来，说“来我怀里哭吧”。愿你早日遇到那个人，那个再也不需要你拼命忍着泪水的人，那个摘下你的面具，亲吻你带着泪珠的脸的人。

当你觉得伤心欲绝的时候，总要相信，你真正的盖世英雄还在路上。你所有未完成的悲伤故事，都是在遇见他之前的修行。

就算输，
也要心甘情愿

白羊座的霸气注定接受不了暧昧，接受不了忽冷忽热和忽明忽暗，接受不了“被选”，因为他要的爱是纯粹、明朗和简单。

白羊座要爱就爱得彻底，绝不会拿暧昧来委屈自己，哪怕是输了，也要输得心甘情愿。

你曾给他闭上眼睛、捂起耳朵的信任，
就算全世界都说他有错，
只要他否认，你就相信。

你拥有了记得，就会舍弃忘记；你选择了忘记，就不再记得。当有人离去时，是选择记得还是忘记，有时归于冲动，有时则在情理。

你说，如果哪一天，你爱的人跟着别人走了，那么你唯一的心愿，就是让自己输得痛快淋漓。

你说，如果哪一天，你们不相爱了，那么你宁愿自己放弃得明明白白。

人之所以会心累，就是常常徘徊在坚持和放弃之间。生活中总会有一些值得回忆的心情往事，更有一些必须面对的难舍难分。

放弃与坚持，该如何取舍？勇于放弃是一种大气，敢于坚持何尝不是一种勇气，孰是孰非，谁能说得清、道得明呢？

人之所以会烦恼，就是没有学会遗忘。一切的一切都深藏于心灵深处，“记住该记住的，忘记该忘记的，改变能改变的，接受不能改变的。”但又有几人能如此洒脱？

人之所以会痛苦，就是追求的太多。明知道有些理想永远无法实现，有些问题永远没有答案，有些故事永远没有结局，有些人永远只是熟悉的陌生人，可还是在苦苦地追求着、等待着、幻想着。

人之所以不快乐，就是计较太多。不是拥有的太少，而是计较太多。世界上没有完美无缺的东西，缺憾有时也是一种美，一种凄婉、永恒的美。

面对诸多诱惑，有多少人能把握好自己，又有多少人不会因此而迷失自己？当你不懂得爱情的时候，爱情却经常与你擦身而过。当你成家立业后，蓦然回首，那人却在灯火阑珊处。很多时候，我们走错了路却不能回头，选择了事业却发现并非所爱。

生在富贵里想去体会穷人的满足，生在贫困中却不知道富人的烦恼。我们经常做梦，却总是不愿醒来；经常幻想，却总是难以实现；经常抱怨，却总是不去努力；经常策划，却总是不能付诸实践；不喜欢读书，却不得不为了文凭奔波；不善于言谈，却必须去推销自己。

人生，其实就是这样，无奈但又必须去接受。有时总想让自己活得潇洒快乐一些，却对身边的人或事物无法割舍。人生总有太多的无奈和遗憾，夕阳西下，岁月流逝，容颜不再。无可奈何花落去，花落几许，无奈相随。

岁月蹉跎，时光荏苒，人的一生中，奔波与劳碌如影相随，痛苦与寂寞挥之不去！再好的东西都有失去的一天，再深的记忆也有淡忘的一天，再爱的人也有远走的时候，再美的梦也有惊醒的时刻，该放弃的决不挽留，该珍惜的决不放手。

如果，不幸福、不快乐，那就放手吧；如果，舍不得、放不下，那就痛苦吧。成长的痕迹给了我们很多的感悟与启迪，别让自己的心太累。

心累了，在宁静的夜晚，沏一杯清茶，放一曲淡淡的音乐，将自己融化在袅袅的清香和悠扬的音乐中……体味那份温情和感动；

心累了，静静地躺在草坪上，晒晒太阳，

吹吹清风。让阳光晒去满身的疲惫，拂去昨日的阴影，风干眼角的泪水……让风儿吹去满腹的痛楚，吹去心中的寂寞，吹去淡淡的忧愁。

心累了，可以打上背包去远游，让自己在旖旎的景色中沉醉，远离尘世的喧嚣。

心累了，还可以独自一人大哭一场，让泪水冲去心中的积怨和烦恼。

每个人心里都有一块石头，要么让它永远沉着，要么就把它打碎扔掉。在甘心之前，你总是很难把那些想法从脑海里摒除，就如同有些事你明知危险，可依旧会做，即便是万丈深渊，也会往里跳。这不是傻，而是不这么做，你就不会甘心，就会被自己的想法时时折磨。要么就别走，要么就咬牙走下去。

生命本是一场漂泊之旅，走过的每一个地方，遇到的每一个人，也许都将成为驿站，成为过客。总是喜欢追忆，喜欢回顾，喜欢眷恋。却发现，曾经以为念念不忘的事情，就在我们念念不忘的过程中，已慢慢淡忘……

对于曾经的驿站，只能剪辑，不能驻足；对于曾经的过客，只能感激和骄傲地继续走下去，而不能苛求。

告白必胜秘诀：切忌拖泥带水。

白羊座如何约会喜欢的人

幸运地点

白羊座男女天生就像是带有阳光一样，约会的地点最好是在户外，这样才不会感到别扭，也更能发挥白羊座的优势。

幸运方式

骑车或开车兜风，享受追风的刺激速度快感。

幸运装扮

简单自然，犯不着把自己搞得太“人工”。帽子或头巾让白羊座更幸运。

白羊座告白最佳台词

我喜欢你！

想说什么就直截了当地告诉对方，自然真诚的台词就是最佳台词。

没想到你是这样的白羊座

- 爱的时候直接热情，分的时候果断利落。人生不就这么点事吗？有什么放不开的。
- 觉得自己的热情足以燃烧宇宙，随时随地每分每秒都得嗨起一场演唱会。
- “身上有菱角，心里有白莲”是对白羊座最好的诠释。
- 和喜欢的推心置腹，对讨厌的人一眼都不会瞅。就是这么耿直。

总 是 希 望 被 理 解 ，
又 害 怕 被 看 穿

白羊座常常被人说是忽冷忽热。他平时温和待人，但他真的生气的时候，绝不会和任何人说明原因。其实他很聪明，心思缜密，所有的事都被他看在眼里，心里什么都明白。

不要被白羊座的虚张声势与外在表现所迷惑，他有一颗单纯的心，只想不停地探索周围的世界，只想被爱的人称赞、珍惜。

如果你的爱人是白羊座，请不要吝啬你对他的鼓励。

有些心事不想让别人看见，
于是便藏了起来。藏得太久，
后来连自己也找不到了。

有那么一刻，你会发现自己跟身边的人交际变得越来越少，懒得解释太多；亲近的人不在身边，其他人似乎没有深交的必要；无聊的时候就看看以前的照片和日记，开始怀念以前，很多舍不得删掉的东西，你还是删不掉。

那一刻，你也不知道自己到底怎么了。

其实你知道，要想在这个复杂的世界，如鱼得水般的生存下去，就要学会伪装自己的情感，就要懂得如何同各种人周旋，就不能一味任性恣意妄为。

其实你知道，把喜欢和讨厌分得太清是会给自己树敌的，不是每个人都会直白地表达自己的看法，不是每个人都真心待你。

其实你知道，不是每个人都愿意容忍你的坏脾气，那些包容是出于爱，只是有些人爱过了又离开了，有些人选择了停留在身旁。

其实你知道，不应该被情绪左右自己的心情，不应该受环境影响。内心强大的人表面永远是淡淡的深情。

其实你知道，有些争吵是没有标准答案的，问题的谁对谁错如何分得清楚，那些道歉和原谅是因为自己有着比对方更多的在乎。

其实你知道，每天你见到的那些人，不一定都是真心喜欢你的人，尽管你分不清虚情假意和真心实意，但是你愿意相信真心会换来真心。

其实你知道，失去就是失去了，就算时光倒流也不能改变什么，有些事情是命中注定，至少在最后你还能获得成长，至少在失去之前你不是一无所获。

其实你知道，有人理解是一种荣幸，而被看透后便连自己都无法保护好。

所以，你骄傲地孤独着……

在内在的精神生活中，每个人都是孤独的，大概任何爱并不能消除这种孤独，但正因为领悟到了孤独，你内心才会对别人充满最诚挚的爱。人们在黑暗中并肩而行，走在各自的朝圣路上，无法知道与谁走向同一个圣地，因为你无法向别人，甚至向自己说清心中的情感究竟是怎样的。

人们常常说，人与人之间，尤其相爱的人之间，应该互相了解和理解，最好做到彼此透明、心心相印。其实，这是不可能的。心灵也有其外衣，你不应脱掉它。如同对于上帝的神秘一样，对于他人灵魂的神秘，你同样不能像看一本属于自己的书那样去阅读和认识，而只能给予爱和信任。

每个人对于别人来说都是一个秘密，相交就要比心，相处就要凭情，情始于交往，心在于认同，好不好在来往中体现，行不行在相处间感受。真心付出，即使没有得到真情，也不要伤心。

人生，在意自己的内心感受，自会活得安宁从容。

白羊座专属甜品

雪藏蛋糕

这款看似普通的脆皮蛋糕，实则蕴藏无限惊奇。加上它独特的创新理念，口感轻盈丝滑，极大地满足了白羊座对浓郁丝滑味道的向往。

傲娇白羊座的三行辞职信

“我走了，
剩下两行，
都是多余的。”

白羊座眼中的其他星座

- 金牛座：应该改名为“蜗牛座”吧
- 双子座：开明活泼
- 巨蟹座：什么时候能霸气一点呢
- 狮子座：要面子这件事，我是不会输的
- 处女座：人人都像他这么挑剔岂不世界末日
- 天秤座：有点虚伪
- 天蝎座：有什么就说出来，我又不懂脸部游戏
- 射手座：哎呦，不错哦
- 魔羯座：无法理解
- 水瓶座：古怪神秘，但我喜欢
- 双鱼座：适合一起玩耍

温柔地推翻这个世界，然后把世界变成你的

白羊座性格外向，勇于开创，很难归顺。

他乐观向上、积极面对未来的精神常启人心扉、令人鼓舞。通常，白羊座在商界和艺术领域更为活跃。

这些地方特别需要白羊座这种类型的人，总是在计划策略方面略胜一筹，有条不紊地进行组织工作，头脑冷静，比较务实。

无论你是否愿意，
你都在慢慢变得强大。
一切坚强，都是柔软结的茧。
你可以拒绝穿上盔甲，
但你无法阻止长出的茧。

世界上的任何东西，都能轻而易举地背叛你，哪怕是一片阿司匹林也可以在你生龙活虎的日子里默默过期，在你头疼欲裂的时候失去作用。

这世界里始终对你忠诚的，只有你自己。

假如你爱你自己，而且也希望别人所爱的是你的本色，那么，你就不必去模仿别人，而要发挥你的本色，使它放出光彩来。

以后你会知道，不论别人给你热脸还是冷脸，都没关系。外面的世界，尊重的是背景而非人本身。朋友之间，不论热脸还是冷脸，也都没关系。

真正的感情，看的是内心而非脸色。不必过于在意人与人之间一些表面的情绪。真正懂你的人不需要分冷热，不懂你的人也用不着你笑脸相迎。

慢慢地，你会逐渐学会接受，接受意外，接受变节，接受误解，接受努力了却得不到回报，接受世界的残忍和人性的残缺。但这不代表你妥协，你还会去努力，去爱，去为遥不可及的一切付出心血。

你将来会碰到很多你不欣赏、不赞成的人，而且必须与他们共事。这人可能是你的上司、同事或部属，这人可能是市长或国家领导。你必须每一次都做出决定：是与他决裂、抗争，还是妥协、接受。

抗争，值不值得？妥协，安不安心？在信仰和现实之间，很艰难地找出一条路来。你要自己找出来。

你还要知道，终有一日你都将妥协，人们都会被这个世界完美地驯养，但是在最后的那次妥协之前的每次不妥协，都是最为宝贵的财富，那将是你更好地生活下去的资本。

有时候禁锢你的，不是环境设下的牢笼，

也不是他人施与的压力，而是你自己将自己囚禁：看不开尘缘聚散，看不开诸事成败，把自己局限在狭隘的空间里；忘不了过往的爱恨情仇，把自己尘封在暗黑的记忆里；放下身外千般烦忧，放下心头万般纠结，在无端的迷失中找到自我。

世界上最难的事，莫过于在热闹之中按兵不动，在诱惑面前不忘初心。

别偏激，按兵不动不是让你停滞不前，不忘初心也并非不可以放眼未来。冷静，不是迟钝；沉默，不代表妥协。

其实每个人都有潜在的能量，只是很容易被习惯所掩盖，被时间所迷离，被惰性所消磨。想着刚刚毕业的时候，哪一个不是踌躇满志跃跃欲试？只是骨感的现实生活实难企及丰满的梦想世界。

挫折不断，信心的丧失，意志的磨灭，来自外部的各种压力呈现出反射性妥协，只是有的人妥协一阵子，而有的人妥协了一辈子。

二十几岁的时候，不要花太多精力和时间去犹豫和纠结，因为没有人知道正确答案。已经过了炫耀和喧闹的年纪，遇到喜欢的事情就努力去做，不要期待周围的回应和鼓励，不再在乎其他人的褒贬和说辞。不会因为兴奋而四处叫嚣，也不会因为低沉而祈求他人的宽慰。好的、坏的，都学会不去渲染、吆喝。

每个人都是特殊的，每个人都不该被自己放弃。用你的笑容和温柔去改变这个世界，然后，把这个世界变成你的。

若即若离这招不适合白羊，
他们更喜欢**相互依赖又各自有空间。**

如何制服白羊座

与羊羊们保持一致的三观，想装？还是省省吧！

想清楚你和白羊谁是主攻手，一旦白羊喜欢你，是根本不会掩饰的，如果感受到了要尽早回应，不然，会死得有点惨。

想追到白羊座，暖男需要五年，而霸道总裁只需要五天。

让白羊感受到你的无敌魅力，还要尽快让他不经意间感受到你身边围绕着各种爱慕者，征服欲的挑起是制服白羊座的基础。

别站在你的角度看我，我怕你看不懂

没有什么事情是白羊座不想了解、不想尝试的。不管实用与否，只要他高兴去试，只要他们认为可以借此一显身手，他就会一头扎进去，绝不考虑那么多。

白羊座不愿意向经验学习，并以此为傲，而且这种天生而来的脾性很难改变。

对白羊座来说，你拿着“骄兵必败”劝说他，他会对其有着不同于一般人的理解，他会认为这个戒条的意思是“你不骄傲，必会摔倒”。

每个人都有一个死角，
自己走不出来，别人也闯不进去。
我把最深沉的秘密放在那里。
你不懂我，我不怪你。

这个世界，总有一些骄傲的灵魂，努力向上、随心随情。

你一直相信，每一个人降生到这个世界上来，一定有一个对于他最适合的位置，这个位置仿佛是在他降生时就给他准备了的，只等他有一天去认领。

你还相信，这个位置既然仅仅对于他是最合宜的，别人就无法与他竞争，如果他不认领，这个位置就只是浪费掉了，而并不是被别人占据了。你之所以有这样的信念，是因为你相信，上帝不会把两个人造得完全一样，每一个人的禀赋都是独特的，由此决定了能使其禀赋和价值得到最佳实现的那个位置也必然是独特的。

你总是在意别人的言论，不敢做自己喜欢的事情，追求自己想爱的人，害怕淹没在飞短流长之中。其实没有人真的在乎你在想什么，不要过高估量自己在他人心目中的地位。

被别人议论甚至误解都没什么，谁人不被别人说？谁人背后不说人？你生活在别人的眼神里，就迷失在自己的心路上。

你常觉得自己还不够好，远远不够，所以你才更要努力，需要不停地努力。因为对于生命，你根本没有全面的了解，所以你才愿意不停地探索生命、探索自己。生命本来就不应该被限制在一个框架里。

谁说你就只能是这个样子了，谁说你就永远不会变了？不，不，只要你愿意，生命随时都能改变，只是这个改变需要你坚定决心付出更多的努力。而这种改变，只有你自己意识到了你想要变，你才会心甘情愿地去改变，这是任何人都无法用逼迫让你达到的目的，它只能是出自你自己内心的意愿，你才会真正地着手去调整、去完善、去提升、去塑造一个更好的自己。

生命有期限，但当你不断地进行自我探索，在努力中完善自己的时候，跟人相处之时不断地调整自己，你就会发现，生命也是无止境的，可以无止境地，趋向美好。做自己当然好，但为什么不能做一个更好的自己？那不是放弃自己、放弃个性，而是让自己能够更好地享受生命，享受做自己的乐趣。

无论你什么时候开始，重要的是开始之后就不要停止；无论你在什么时候结束，重要的是结束之后就不要悔恨。所有的胜利与征服自己的胜利比起来都是微不足道，所有的失败与失去自己的失败比起来更是微不足道；一切伟大的行动和思想都有一个微不足道的开始；好好扮演自己的角色，做自己该做的事。

不必行色匆匆，不必光芒四射，不必成为别人，只需做你自己。愿你一生做自己的英雄，守自己的城。

测试你是哪一款白羊

1. 从“羊”这个字，你会联想到下列哪一种人？

A. 懦弱怕争取的人

B. 矛盾迷惑的人

C. 随和服从的人

2. 你走到一个十字路口，有三条路在你面前，你会选择哪一条？

A. 两旁有树木的直的路

B. 两旁没有树木的直的路

C. 两旁没有树木弯曲的路

3. 两只小羊在木桥上相遇，你想象它们会如何？

A. 其中一只会退回去

B. 两只羊打架，其中一羊获胜顺利通过

C. 两只羊相持不下，一起跌进河里

4. 当你想象一只羊被狼攻击时，在你脑海中的情景是？

A. 羊被狼生吞活吃

B. 羊挣脱逃走

C. 母羊救回小羊

5. 有三棵树，你会把小羊绑在哪一棵树上？

A. 树干不高的树

B. 树干高的树

C. 有果子的树

6. 你看见一位老先生在拼命拉一只羊，觉得是什么原因？

A. 将小羊拉到市场卖掉

B. 将小羊拉离母羊

C. 小羊挡住他的路

7. 两个男人和一个女人在一起谈话，你觉得他们在谈论些什么？

A. 讨论相约打球的事

B. 谈论新任主管

C. 谈论股市近况

8. 如果用星星组成一幅图，你觉得是：

A. 右边一颗大的星星和左边两颗较小的星星

B. 前面一颗大的星星和后面三颗较小的星星

C. 中间两颗较大的星星和两边两颗较小的星星

计分法：A 5 分，B 3 分，C 1 分

8—18 分 自信骄傲的白羊

你是独立性很强的白羊，不喜欢别人对你的事有太多意见，因为你认为自己有足够能力处理自己的事情。你要别人尊重你，但能得到你欣赏和尊重的人却很少。充分的自信，使你安然度过了很多困境。发自心底的骄傲，令你常常会有"谁能明白我"的感慨。

19—29 分 刁钻活跃的白羊

你是刁钻的白羊，刁钻得近乎古怪。不拘泥于旧规则，反叛又不羁。你时常做梦，有粉红的、有黑白的、有古灵精怪的，梦境中，你逍遥畅快。你很容易结交朋友，亦有很多异性朋友，你很能吸引异性，因为你给人以新鲜活跃的感觉。

30—40 分 热情粗心的白羊

你是具冲刺力、爆发力的白羊，很有领导的才能，很容易得到群体的拥戴和支持。你也是粗心的白羊，不拘小节的作风使你对别人缺乏一种细致的关心。你常常忘记异性朋友的生日或约会，使情海生波。

白羊座反鸡汤语录

努力不一定会成功，
但不努力
一定会很舒服。

其实我也很难过，只是骄傲不让我说

白羊座可能看起来很凶，其实他的内心是最柔软的；总是嘴硬，其实心里软得很；都很讲义气，总想什么都自己扛。

白羊座看起来很高冷，但那只是他们保护自己的方法。

白羊座一直扮演好孩子的角色，却拥有坏孩子叛逆的心态。是有时乖巧、有时疯狂、有时骄傲、有时软弱的星座。

不管昨夜你是多么泣不成声，
早上醒来这城市依旧车水马龙。
而藏在心底的话并不是故意要去隐瞒，
只是并不是所有的疼痛都可以呐喊。

你的内心或许住着两个不同的人，一个感性到泪水说流就流，一个励志、偏执到近乎冷酷无情。

所以，上一秒情绪泛滥的你，总会在下一秒被自己嘲讽，或许是有原因的。

很多时候，不经意知道一些事后，表面装得无所谓，用微笑去掩饰，其实心里比什么都疼。

你向来美好，只是你对自己不够宽容。

一个人流了很多泪，叹了很多气，故作坚强了很久。你不是一个感性的人，却在别人鼓掌祝福中哭得最为狼狈。

难过的时候多么希望有人在你身边，一个电话，一个安慰。而不是独自给在孤独的人行道上的人，点燃指尖的寂寞。

很想哭，却还在笑；

很在乎，却说无所谓；
很痛苦，却偏说幸福；
很羡慕，却说没什么；
舍不得，却说厌倦了；
受伤了，却说你不欠我的。

你不习惯把自己心里的痛苦展示给别人，因为你怕别人安慰，也不想得到怜悯。相比于弱者的倾诉和哭泣，你更喜欢强者的骄傲和被仰望。

心里乌云密布，面上不动声色。就算被误解，也不澄清、不解释、不在乎。你说你把这些都当作前行的力量。

深陷痛楚，你一定会不停地告诉自己要坚强，要原地满血复活，要忘记所有过去，你恨不得一觉醒来便重新笑颜如花，朝气满满。

可是有时候，那是偏执的坚强，那是固执的倔强。你会因为太急于恢复，再一次伤害到自己。

有些时候，人越想逞强，痛楚越会将你拽入更深的旋涡，越想忘记，回忆越会来得汹涌；越是想要马上度过，越会将痛苦拉长。

所以，你心里苦，只是骄傲不让你说。

有些伤疤注定需要时间来治疗，你想要马上修复它们，可其实是在揭开伤疤加深伤口。就像小时候磕磕绊绊，摔过很多跤，身上留下很多伤疤，那时因为好奇和调皮，总是经常摸摸结痂的伤口，心里懊恼为何还没好，可是越去碰触察看，恢复得越慢，每次父母总是告诫不要去碰伤口，别管它，自己会好起来的，后来也就这样不知不觉地好起来了。

人的伤口无论再深再痛，总有一天会自我修复。而人的情感，爱、憎、恨、悔，其实也是有期限的，为一个人受苦，苦到某种程度，自然会醒悟，不再为他蹉跎岁月。

思念一个人，当思念到某种程度，却换来长久的落空，也会欣然告别。只要过了那段时间，一切都会恢复平常，过了那个期限，一切都会化作似水流年。

无论多么深刻的痛楚，痛到一定程度，也会阴霾散开，看到阳光。而需要你做的，只是去安静地度过那段时光。

每个人都会经历一些措手不及又让人无可奈何的痛楚，上天安排这些磨难与挫折并不是想考验你能否一笑而过原地复活，因为太多的经历都不可能一觉之后便从容面对。

这些磨难的安排其实是让你学会去承受痛楚，学会在困境中安然地成长，学会在逆风中继续前行，需要你做的只是走过去，既不丢盔卸甲又不强颜欢笑地一步步安然地走过去。

这个世上没有人能够坚强到原地复活，不要再一味地告诉自己要坚强，不要让自己再去偏执地逞强。很多时候，人只有先狠狠地脆弱过一次，才会懂得究竟该如何坚强。

多年以后，你将长大。

经过谎言，承受欺骗，习惯敷衍，忘记誓言，放下了一切。世界惩罚了你的天真，磨损了你的梦。但内心还是不断地闭合，勇敢地开放，一往无前地爱。既然无法得到，索性就放手成长吧。年少的忧伤是人生必经的花园。

爱自己的人，脸上散发的光芒是骗不了别人的，你会活在平静、淡定、喜悦中，绝少埋怨，鲜有不满，没有太多话需要澄清、说清楚，内心是一片宁静而有力量的海。

你不必逞强，时间一定会为你疗伤。

不管过去有过多少次疼痛，你要知道，那已经成为过去，所以，你要继续骄傲地活在现在、活在未来，相信爱、相信自己。

不是每个人，
都可以在你心里兴风作浪

白羊座重情，在他的眼里心里，只能容得下自己在乎的人。

白羊座也最绝情，真到绝情时，你跪下来一哭二闹三上吊，白羊座只会笑笑，然后告诉你：这个世界上没有谁离开谁是活不下去的。

不要让白羊一个人待在寂寞中脑子乱想，一旦他思路清晰了，或者打算放弃，那时候你用十辆牛车都是拉不回来的。

这世界那些看似高傲冰冷的人，其实都曾被伤过心。

你曾如此渴望命运的波澜，到最后才发现：
人生最曼妙的风景，竟是内心的坚持与从容。
你曾如此期盼外界的认可，到最后才知道：
世界是自己的，与他人毫无关系。

一座偌大的城市，收藏着不同的故事。不同的人演绎着不同的剧本，有关爱情，有关友情和亲情。不管面临什么，一路走过，即便是伤害也不一定就是眼泪。

有些人只能擦肩，转眼即忘；而有些人适合留在心尖，掀起微波，温暖生命。

关于亲情。

偶尔，你也抱怨亲人不爱你，他们不理解你，你甚至很多次都想离开，但是一旦有这个想法，你就会想起他们的好，想起他们为你做的一切一切。你看到她的头发上不知什么时候有了白发，你看到他的身体早已不如以前那么硬朗，你看到他们默默地关心你爱你，你开始后悔，后悔为什么没有早点爱他们，你从未记得过他们的生日，你从未给过他们一丝关怀。

每次与他们争吵后，你都后悔得要命，其实你并不想这样的，你想道歉，可话到嘴边只剩下沉默。你终于明白自己以前是多么自以为是。

那一对每天在家等待你回家的老人，才是你该心疼的人。

关于友情。

你要庆幸，他们陪你走过了你最懵懂的时候，陪你走过最幸福的时候，在你开心悲伤时陪着你，听你无尽的抱怨会安慰你，他们支持你的每一个决定，他们相信你说的话，他们会在你错的时候批评你，在所有人都不相信你的时候依然陪在你身边。

你要相信，即使有那么多的磨难，他们还是会一直在你身边，即使有时候，你心里不痛快的时候会和他们吵起来，甚至心里想着老死不相往来，可是在最后，一个微笑，还是重归于好。

他们是你没有血缘关系的亲人。

关于爱情。

你以为自己走出了他的世界，你以为你不会再犯傻，你以为你早已放下他，可是你为什么要在你的本子上写满他的名字呢？你为什么舍不得删了他的联系方式呢？

即使是把他放在最多人的那个分组，还是会那么轻易地就找到他呢？即使找到了另一个人，试着把对他的爱转移，但是那个人终究不是他，因为你最爱的是他，放不下的是他。

你记得他像个长不大的孩子一样喜欢笑，记得他对你很好，他的一切你都记得，唯独不记得他早就不爱你这件事情。

一个笑就击败了一辈子，一滴泪就还清了一个人。一人花开，一人花落。爱过的人，要记得。给过的情，要承认。然后，从心里将他剔除。

人与人之间，有时感觉不对了，就稍微把距离拉远一点，过阵子，感觉对了，可以慢慢再近一点，有点类似跳华尔兹，是美丽的舞步。至于踩到了脚，没关系，笑笑就过去吧！

你不小了，是时候长大了，无须把太多人请进生命里。别人对你一分好，你要回馈十分；别人对你不好，你还是要对他们好，因为那说明你还不够好。你要学会相信自己，你唯一可以做的就是做好自己，你要坚强、要善良、要开朗、要坚韧、要温暖、要好好爱自己。

只要心不死，就不会有绝望。只要不曾绝

望，希望就一直都在。

世界没有那么好，也并不是那么糟，你要做的，只不过是在环境允许的情况下，善意地对所有人；在环境不允许的情况下，保护好自己真正在意的人。

第四辑

容易脸红的人，往往是最善良的人

白羊座活泼热情，但许多人太苛刻，好像他不热情活泼，就不配做白羊了。白羊座很善良，心中总是想着别人，很多时候愿意委屈自己而成全别人。大大咧咧的白羊座总是一副天真无邪的样子，你可能会忽视他的忧伤和苦闷。

白羊座是一个很难理解的星座，因为他的性格太多元化。他可以幽默，可以冷漠，可以柔弱，可以坚强，可以成熟，可以天真，可以精明，可以傻气。不要说白羊座是在伪装，其实这才是真实的白羊座，一个千变万化的星座。

知世故而不世故，
才是最成熟的善良

典型的白羊座，既肯与乞丐同座吃饭，也愿跟帝王并肩进餐，他都是一样的言行自如，一样的坦诚相见。

在善良的白羊座心里，人无贵贱阶级之分，他正直和谐，愿和每一个人成为朋友，在感情中不掺杂任何功利心。

总有一天你会明白，
聪明是天赋，
而善良是一种选择。

聪明是一种天赋，而善良是一种选择。天赋得来很容易——毕竟它们与生俱来。而选择则颇为不易。如果一不小心，你可能被天赋所诱惑，这可能会损害到你做出的选择。

人生的一切不是算来的，而是善来的；不是求来的，而是修来的。胸襟的宽窄，决定命运的格局，你能包容多少，就能拥有多少。

凡事看得开、想得透，拿得起、放得下，学会隐忍性情，懂得克制欲望，退却时理智，谦让时大度，除却杂念私心，少些攀比计较，才会随缘自适。

善良的心，像真金一样闪光，像甘露一样纯洁、晶莹。

善良是挂在心底的一轮澄澈的明月，它照亮的，是一个人精神的天空。一个一辈子行善的人，心底的月亮，已经超越了个人，升起在尘世寥廓的江天之上。它洞照的，是这个世界所有人的良心，以及灵魂的纯度。这样的大善，看起来，似乎只是对被救助者境遇的改变。实际上，它改变的，是所有沐浴在月色中的人的心灵。

善念是一粒种子，善心是一朵花，善行是一枚果实。每个人生下来的时候，都怀揣着这样一粒种子。然而，有的人丢弃了它，逐渐变得冷漠；有的人玷辱了它，最后走向邪恶。更多的人，内心都要散发出花的幽香，或恬淡，或浓郁，丝丝缕缕，飘散的，都是人性的芬芳。

善良是灵魂的微笑，是对生命的感恩，以一颗善良的心看世界、人间，就不会有伤害和薄凉。多一分宽容，就会多一分理解；多一分善良，就会多一分希望；多一分感恩，世界就会多一分温暖和明媚。你的一个不经意浅浅恬然的微笑，会给他人带来一份感动和温暖；你付出的关怀洒出的爱，哪怕只有萤火虫一般微弱的光亮，也会温暖一颗孤寂心灵。赠人玫瑰，手留余香，用一颗善良的心来对待生命的际遇，生活就会处处明媚。

人世的善良，有点像蜗牛的反应。若是你伸手触了它的软体，它就会迅速缩在壳子里，但还会有探头出来的时候；若是烈日当空暴晒，它就会始终不出来，直至死。

善良偶受伤害，也许只是阵痛。可无论这世界多么的冷漠，你仍愿意保持着善良。

如果说人生是一段旅程，那生活就必定是一场修行。能够善待不太喜欢的人，并不代表你虚伪，而意味着你内心成熟到可以容纳这些不喜欢。如果能够承受巨大的失落，眼看着美好被岁月和生活消磨，还能在这样的现实中，保持善良和热爱，那就是真正的强大了。

你始终相信，只要一直善良下去，总会离幸福很近。

毕竟是我爱的人，
我能够怪你什么

白羊座心中无阴险狡诈，而且终生单纯，永远一味地信赖着别人，摔倒了再爬起来还会跃跃欲试第二回。

随着岁月流逝，白羊座可能会积累一些戒备心理，可是如果碰上一个对他友善的人，他便会把全部的教训抛到九霄云外，把之前的痛忘得一干二净。

对他来说，爱过不怨，爱过不恨。

一入夜盛开的，是你不知情的喜欢。
一转身记载的，是你未发觉的离散。
从心动开始，付出即是偿还。

地球上有那么多国家、那么多的岛屿、那么多的人群，而你们，却奇迹般相知相遇过。像大雄遇到哆啦A梦，海绵宝宝遇到派大星，像藤原拓海遇到夏树，像百合遇到雪花。

那个时间，那个地点，不早不晚，你们能够遇见，这是多么大巧合的事。而他曾经为你付出过真心，这又是多么神奇的事情。

或许能遇见，就应该感恩。

或许时间和距离都只是借口，不爱了才是真正的理由。只要一句不爱了，缘分也就尽了。

有时候这个世界很大很大，大到我们一辈子都没有机会遇见。有时候，这个世界又很小很小，小到一抬头就看见了你的笑脸。所以，在遇见时，请一定要感激；相爱时，请一定要珍惜；转身时，请一定要优雅；挥别时，请一定要微笑；因为一转身，可能一辈子也不会再相见了。

你常会想起那么一个人，不是想念，只是想起。想起曾经快乐的那些旧时光，想起曾经的自己。那个人，你曾经真的爱过、珍惜过，那段感情，你没有忘记，但已不想重来了。

你说原因很简单，不过就是放开了，不会祝福他，也不会折磨自己了。当你回忆起曾经疯狂的自己，好像做了一场梦，真实惊悚。我知道，你曾用尽了力气走出来。聪明如你，发现了当局者迷。

通讯录里那个熟悉的名字，你曾经哭着不舍得删去，就算删去又怎么样，已经烂熟于心。每划过那个名字一次，心好像便跟着碎一次。于是，你一次次地删除，却又一次次地找回。

过了多久，偶然的一次整理，你突然觉得时间犹如白驹过隙，那个名字如果不努力回忆，便再也记不起。这一次，你微笑着又按下删除键，却再也不找回。

曾经那些委屈，你终于可以一笑置之，你那么勇敢地往前走，你那么平静地去生活，现在回头看看，你会发现自己有多勇敢。

你从未后悔过，以一颗已经平静的心，不需要对任何人隐瞒，更无须因为谁而否认，曾经，你确实深深爱过他。现在，你终于让一切过去，诚实且坦然。

生命是一段旅途，生活便是其中的过程，翻山越岭，还是涉水乘舟，一切全凭自己。走在生活的阡陌中，不必让自己背负太多，淡淡听风，才会走得更轻松。一些得到，不一定会长久；一些失去，未必不会再拥有。重要的是让心在阳光下学会舞蹈；让灵魂，在痛苦中学会微笑。

成长的很大一部分，是接受。接受分道扬镳，接受世事无常，接受孤独挫折，接受突如其来的无力感，接受自己的缺点。然后发自内心地去改变，找到一个平衡点。

也许多年以后，你会淡忘曾经经历的所有细节；也许多年以后，你会忘记自己为他的奋不顾身。

所有关于你们的记忆，都敌不过将来你们的忘记。但无论时间如何流逝，日后的你，都不会忘记当初爱他时的心情。

太过美好的东西从来都不适合经历，因为一旦经历便无法遗忘；太过年少的爱情从来都不适合追求，因为都还走在成长的旅途中。有些人，只能离开；有些东西，只能放弃；有些记忆，只能埋于心底；有些过去，只能选择遗忘。

爱情是认真经营一段感情，如果无缘到老，那么好好结束，好好告别。

错过的不怨，爱过的不恨。

不要害怕拒绝别人，不必勉强迎合别人

白羊座总是给人感觉没心机，好像可以尽情得罪。确实也是，白羊座报复一个人的方式最多就是不理你，不和你来往。

想要白羊座真正处心积虑地去算计别人，基本等于白日做梦。如果有人对他好，他愿意把这份好加倍地用在对方身上，如果一个人真的伤透了白羊座的心，那就真的老死不相往来了，决不后悔。

愿你的人生自在安稳，
独处时不累及他人，交际时未曾乏味。
不去触碰那些不喜欢的身体，
不去回应那些你毫无感觉的词句，
不去拥抱那些你从未为之心动过的灵魂。

你不甘平凡，却又渴望平淡，常常会莫名地感动，而心软是病，不大懂得拒绝别人，喜欢一个人独处，静静发呆，臆想时光琐碎，厌恶一切欺瞒的言语，以及冗长的隐喻。

拒绝别人未必就会伤害到别人，本质上是自己内心受不了被人拒绝，所以认为别人受不了拒绝而不敢拒绝别人。

不会拒绝的人有一种气场，像一大群羚羊之中最弱的那只小羚羊，很快就会被狩猎者盯上。接受一个人不容易，而拒绝一个人同样不容易。这些不懂得拒绝的人，总是被这些事逼到角落上，怎么选择都是难过。

时间不一定能证明许多东西，但一定会看透许多东西。越来越觉得，照顾好自己，懂得拒绝，不给别人添麻烦，是成长重要的一步。

学会拒绝，不是拒人于千里，不是让你冷漠。拒绝，它是一个中性词。有时候，拒绝是一种自我保护，是一种顺应本心的呼唤，一种成熟的人际交往技能。

友善有时是种病，病就病在企图取悦所有的人。

过度友善的人，害怕拒绝，因为在他看来，拒绝别人同样是件伤面子的事。把面子看得比天还大，往往源于内心的弱小。事事害怕让别人失望，其实也是一种自卑。所以该拒绝的时候应该懂得拒绝，你本来没必要取悦任何人。

做真实的自己是件勇敢的事，不仅要对抗外界规则，还要与内化的东西相抗争；做真实的自己是件幸福的事，能够真诚智慧地表达自我，才最自由、最坦然。

在布满了荆棘的人生路上，要学会拒绝，给自己一份安宁，你的生活就会更美好，就能在各种各样、形形色色的诱惑面前，保住自己心灵的净土。

三毛有段话流传甚广，“不要害怕拒绝他

人，如果自己的理由出于正当。当一个人开口提出要求的时候，他的心里根本预备好了两种答案。所以，给他任何一个其中的答案，都是意料中的。”

如果你不爱一个人，请放手，好让别人有机会爱他；如果你爱的人放弃了你，请放开自己，好让自己有机会爱别人。有的东西你再喜欢也不会属于你的，有的东西你再留恋也注定要放弃的，爱是人生中一首永远也唱不完的歌。人一生中也许会经历许多种爱，但千万别让爱成为一种伤害。

如果不会拒绝是一种病，那么解药，只有自己。

像智者一样劝慰别人，像傻子一样折磨自己

你可以与白羊座开任何玩笑，通常与他相处起来是非常轻松的。

他的内心也有隐隐的不安分，但是需要被人点燃。也就是说，在陌生人面前貌似文静拘谨的白羊座，一旦被点燃了就会很疯。

白羊座很宽容，待人真诚，当身边的人心情低落，他会充当天使一样的角色安慰开导对方，当然这些从他口中说出的，感觉很有道理的话，在他自己身上是不奏效的。

他们有着自己的感悟和对世界的细微感受，但是你从他们的外表也许看不出来。

后来你就会知道，
来日方长、未来规划，
都是爱情里甜言蜜语的谎言。
别太放在心上，
说这话的人可能早就忘了。

为什么你安慰别人可以搬出一大堆道理，可到说服自己的时候，就傻了？

一生中，你会遇到很多人，从陌生到熟悉，从相知到相忘。不去问为什么，也不再关注，你又遇见了谁，爱上了谁。最初的爱在日复一日中逐渐被稀释，无情的岁月把过往中的一切洗涤得苍白无力，爱与恨就像一朵开到荼蘼的花，蹉跎着旧时光。原来，一切的放不下，只是自己折磨自己罢了。

爱上一个人只需要一秒钟的时间，却要用一生去忘记。没有遇见他，你以为世界只属于你自己。那一天，遇见了他，才发现你找不回自己了。

在这个万籁俱寂的时刻，你想了很多。或许是自己太执拗，一直在努力地争取望不见的星光。就像手中的沙，用力地握紧，终剩手中的余白。又或许是自己如此卑微，不足以与人并肩。

傻孩子，在过去的某一天，你遇到了一个人。他的出现教会你什么叫作幸福，他的出现告诉你什么是安心，他的出现让你体会什么叫作无忧无虑。

傻孩子，在过去的某一天，有一个人在你耳边对你说："我爱你。"他会告诉你："以后我会给你幸福。"他会对你说："什么都不要想，一切都有我去想。"他还会说："我要和你牵着手走下去，我们要见证现实中的幸福。"你就这么一直相信着、坚守着、执着着。直到有一天，你所站的地方只留下了你一个人。

傻孩子，他离开了。不是眼花、不是玩笑、不是幻觉，只是，他真的离开了。

傻孩子，不要等待。等待没有结果，没有意义，只会让伤害绵延不绝。

傻孩子，你可以傻，但是不可以不放下。放下，不是放开，而是从心里忘掉他给过你的幸福。忘掉你们曾经承诺过的幸福，忘掉你们曾经欢笑的记忆，甚至忘掉你曾经认识他。

傻孩子，他走了，不会再回来。他和你，就是两个世界。你们本是两个剧本里的角色，本就没有在一起的道理。

傻孩子，这世界上本就没有什么王子和灰姑娘的故事，也许你会遇到，但是那只是遇到，不代表你会拥有。他，只是无意闯入你世界的一个过客。

爱自己的人面上散发的光芒是骗不了别人的，你会活在平静、淡定、喜悦中，绝少埋怨，鲜有不满。

放下心中曾经的那个人，敞开你的心去面向整个世界，去接受可能的幸福，去发现这个世界的美丽，去珍惜你生命里应当存在的人，去守护你生命里出现的那些轨迹，回头看看，你身后的人。

生活和爱情都不是童话，放下心，陪伴一个身边的人比思念一个只活在印象中的人，要简单和幸福得多。

慢热是害怕辜负，
因为每一次都是全情付出

白羊座是慢热的人，在陌生人眼里，很冷酷；在熟人面前，热情活泼；开心时，会像小孩一样跟你分享，说个不停；不开心时，会自己躲起来，所有事情都会自己一个人扛。

有时候，白羊座表面看起来很开朗、很活泼，其实内心却在偷偷流泪。

他慢热不是因为孤傲，也不是因为脾气古怪难相处，而是他们害怕全心付出后，得到冰冷的回应，甚至辜负。看似飞扬跋扈的白羊座，心里藏了一个害怕受伤的自己。

速热的人也速冻，
慢热的人最长情。

人的情感有时像不同种类的食物一样，都有它的个性，有的温和、有的浓烈、有的特立独行。与浓烈派的芫荽、榴莲缘起时，都不是一见钟情，开始甚至是反感与讨厌，可是后来能渐渐爱上。

不是冷血，只是慢热。

慢热型的人，从内心接受一个新事物的时间比较长，他们会在心里默默地对其从不同角度了解分析，不会明显地表现出喜欢或者厌恶，等他们感觉了解全面了之后，就会在心里划定一个位置。如果不是有重大的事件发生，这个位置基本就不会改变。

所以，不要轻易伤害一个慢热型的人，他们对感情往往加倍执着。越缓慢地开始一段感情，内心的投入度也就越深。最深沉的爱，常以“冷淡”的面目出现。不敢轻易开始，是害怕有一天分离，会承受不起那种痛楚。

两个人在一起能做最多的事，就是陪伴。我做我的，你忙你的，有两三个小时的晚间黄金时间，你们都是独享的。但你知道一个空间里有另一个人坐在那儿，你就感到很踏实。这就是最常态的爱情。

有的人在初见瞬间，就能一眼认定对方是自己要找的人；有的人感情却温吞，时光兜兜转转后才知这些日子以来是谁陪自己相濡以沫。如果你爱的人慢热，那么就给他多一点时间，来让他发现自己不能没有你。何必着急，时光会给你最好的答案。

好像许多人面对爱情都很着急，遇上一个人就着急去爱，感觉不对了又着急去恨。于是，很多人都仓促地分道扬镳，平静了一些日子以后，才恍然当初脚步匆匆。很多时候，或许应该慢一点，别情绪化，静一静，很多东西也就没有那么难了。

喜欢是钟情途中的风景，而爱是等到风景都看透，才感受到细水长流。开始不喜欢，或者是无感觉，后来逐渐被吸引、被征服。

这种慢热的过程，更像一场老式恋爱，或是温火煲汤，慢慢见到对方的好。爱到后来，直叫人深陷其中而不悔，纠缠一生而不厌。

敏感的人爱胡思乱想，心软的人容易自讨苦吃

其实你不知道，白羊在冲你发火后会转身啜泣；其实你不知道，白羊只会对自己喜欢的人唠唠叨叨，耍耍性子；白羊总是嘴里说着你给我走开，心里却一直叫你留下。

如果白羊不在意你，那么他才不会为你胡思乱想，也不会对你发火，更不会冲你撒娇让你哄他。如果白羊不喜欢你，他会在你面前永远是冷淡矜持，拒人于千里之外的模样。

我们都不擅长表达，
以至于我们习惯了揣测。
去肯定，去否定，
后来我们变得敏感而脆弱，
在反反复复中丢了自己。

生活告诉你，凡是内心敏感的人，对于爱，总是很难拥有。敏感的人，就好像是不穿衣服，皮肤和心都裸露在外面，任何风吹雨打都落在心上。

人安静下来，就能听见自己的心跳。在世上真正唯一陪伴你的，是你的心。这时候，你比什么时候都更加明白：你什么也没有，只有一颗心。或许你有太多的感慨，太多的酸甜苦辣，太过敏感的心，有事也需要诉说，只要有人愿意倾听。

你时常因为对方没有及时回短信接电话，没有记住你的喜好，没有跟你解释清楚那些莫名其妙的事而生气，其实不过都是自己想要找个理由证明他爱你罢了。你很需要他，你为他做了很多改变，你把自己的心腾出一大块空间给他，你花在爱里的气力可能不比别人少，只是你的要求太多，最后，就亲手为你一直苦苦追求的回应画上一个不甘心的句号。

敏感的神经是一根根裸露的线，搅在一起，你是如此敏感，容易受伤。你总是揣测话外音，总是探寻别人的心，总是担心自己不够完美。同时，你源源不断地猜疑你们的感情，在一次又一次证明里让对方失去了信心。

其实每一只风筝都不会喜欢扯着线头给它羁绊的人。

一个敏感的人，大多数时间都不幸福，因为太过在乎。在乎在对方眼里的自己够不够好，在乎今天下不下雨，是否有云，在乎牵手的时候太冷清，拥抱的时候不够用心，在乎会不会不定期失去他。

爱情里没有那么多充分必要条件，你需要一个人并不代表他也这么需要你，你拼了命地想念他也换不来他不间断的短信和电话。把爱的人当成你的所有，把你当成他的一部分，比较没有那么容易失望。

不要那么敏感，也不要那么心软，太敏感和太心软的人，肯定过得不快乐，别人随便的一句话，你都要胡思乱想一整天。

太过敏感和心软都因为太在乎别人，活不出自我，可世上偏偏没那么多的将心比心，太过考虑别人的感受，注定自己不好受。

一段理智的爱情，是两个人的时候有彼此，一个人的时候有自己。同是年轻人，不可能有饱和的时间让爱来消遣，两个人腻在一起终究没办法给未来的生活埋单。

当他不在你身边的时候，你可以更努力工作，多看书，听歌种花，你细心照料属于自己的这片森林，好在下一次相遇的时候，能发现彼此都变得越来越好，直到两个人在对方眼里看来都是发着光的。那这段爱情就是最好的爱情。

爱情带给你的，应该是如清水般滋润，而不是暴雨般的狼狈；是如自驾游般的轻松，而不是患得患失的纠结。无论你是爱，还是被爱。

掏心掏肺久了，自己也就空了

白羊座像孩子一样，完全不懂得自私是什么。谁能与他相处友好，他就完全乐于奉献一切作为回报，所以他常常无法意识到别人将给他带来什么样的麻烦。

虽说白羊座有时也会咄咄逼人，可他从头到脚一派无邪之相，便让人生出心疼。

没有谁是因为一时冲动而离开你的，
那些难过无助，
一次又一次忍耐的眼泪你都看不见，
就像堤坝下逐渐因侵蚀而拓宽的裂缝。
你看见的，
只是它崩溃的那个瞬间。

聪明的人，喜欢猜心，猜对了别人的心，却失去了自己。傻气的人，喜欢给心，却不是每一分付出都能投递到对的地址。

这个世上没有人会单单因为你“全心全意地付出，毫无保留地去爱”而离开你，离开是因为你给不了对方想要的东西。也许这个人喜欢简单平静，你却喜欢热闹；也许这个人喜欢丰富多彩、神秘有趣，你却像一张泡在白水里的白纸一样乏味……是的，也许你真的全心全意地付出过，但没有付出到对的地方，付出十分也是零。

在这个过程中，你失去了爱的人，也掏空了自己。

这就好像有人说他想要一只苹果，而你却送给他一车香蕉。他虽然收下香蕉，但是每天闷闷不乐。你质问他：“为什么我给了你一车香蕉，你还不高兴?”他说：“我想要的是一只苹果，而你却只给了我一车香蕉。”也许在你眼里，香蕉比苹果更美味。

这是前些年非常流行的一段话，却也简单地说明了这个道理。所以，其实每个人要求的的确不多，但是却很难一一满足。因为你需要的那点关心，需要加一个定语。那就是，你需要的是“你需要的”那一点关心。

有时候放手真的不需要发生什么惊天动地的事，从来都只是细节里的爱情。他渐渐不耐烦的语气，他越接越慢的电话，他越回越少的短信。这些慢慢积累，最后在某个你不在意的小小的细节里，感情分崩离析。心累，就是常常徘徊在坚持和放弃之间，举棋不定。烦恼，就是记性太好，该记的、不该记的都会留在记忆里。

所以，爱是积累来的，不爱也是。

并不是所有的感动都可以开花，并不是所有的付出都可以天长地久。人生，没有永远的伤痛，再深的痛，伤口总会痊愈；人生，没有过不去的坎，你不可以坐在坎边等它消失，你只能想法穿越它；人生，没有永远的爱情，没有结局的感情总要结束，不能拥有的人应该放弃。

而这个世界上，一定有人期待着接受你的付出和爱，恰到好处的付出，恰到好处的接受，才能使爱情长久。

许多事情总是在经历过以后才会懂得，痛过了，才会懂得保护自己，傻过了，才会懂得适时的坚持与放弃，在得到和失去中，我们慢慢认识自己。

有的时候在付出的路上，你所能够收获的，是清楚地看到了自己想要的，或者不想要的，这又何尝不是一种宝贵的结果。

学会爱自己，宠自己。有一个人任何时候都不会背弃你，这个人就是你自己；爱自己，多一点阳光灿烂，少一点烟雨凄迷。即使有一天爱着的人飘然远去，不要枉然去追寻那留不住的脚步，好好的走剩下的路，学会自己独立。我们都不是很完美的人，但我们要接受不完美的自己，一辈子不长，学会对自己好点。

亲爱的，你可以专一，可以深情，可以执着，但要珍惜自己，不要一味地付出而掏空自己，要有自己的原则底线。切记，你要善待自己。

第五辑

只要心有不甘，就还不到放弃的时候

白羊是天生的演员，因为他如此忠于自我。他知道怎样完美发挥自己，从不担心会有分裂的面具。崇尚英雄主义的他愿意在人们的目光下自我牺牲，那样才更彰显华丽生命。

白羊生来生机勃勃，拥有着使不完的激情，他绝不吝啬去释放燃烧自己的能量，朝气蓬勃、热情坦率是他最舒服的生活。

你不能改变风向，
那就改变航向

白羊座拥有冒险进取的意识，积极迈进的精神，能够坦诚地表达自己的意见，开朗地鼓励身边每一个人，并容易得到别人的信赖和尊敬。

白羊座不愿意墨守成规，其思想属于走在时代尖端的革新派。他也深具野心，有勇气并付出实际的行动去实现个人意志。

一个标准的白羊座面对任何事情都会全力以赴，白羊座的羊角正可以用来说明这种勇往直前的个性。

第一眼就看上的衣服往往你买不起，
第一眼就心动的人往往不会喜欢你。
你真正喜欢和想要的，
没有一样是可以轻易得到的。
这便是努力的意义。

生活总是喜欢逗弄你。在你绝望时，闪一点希望的火花给你看，惹得你不能死心；在你平静时，又会冷不丁地颠你一下，让你不能太顺心。

不要试图去理解所有事，有些事不需要理解，只需接受和改变。

不尝试着做些能力之外的事情，就永远无法成长。

你想改变命运，最重要的是改变自己、改变心态、改变环境，这样命运也会随之改变。在相同的境遇下，不同的人会有不同的命运。一个人的命运不是由上天决定的，也不是由别人决定的，而是自己。

你常常忘记自己想要的究竟是什么，常常迷茫于自己需要的是什么，然后花大把大把的时间去思考这样的问题，想到了却下不了决心去做，做了却没有足够的勇气去坚持。重复着长时间的忘记和短暂的想起，就这样挥霍掉自己的青春。也许，年轻真的没有什么不可以吧。

你挨过的每一次挤对，受过的每一次批评，都会在以后的某个时刻派上用场。没有罪和苦是白受的。忍耐本身就是一种能力。

每个人都曾经有过无数的选择，到最后的都是各自性格的宿命。要坚信各自都会到达对的地方，只要为选定的方向奋不顾身、用尽全力。每个人都为各自的收获付出了代价，不要羡慕也不要自卑，请每一天更喜欢自己一些，或者说，每一天都向着自己所崇拜的方面前进一点。

人生到底该往哪走。每个人的答案都不同。走到生命的哪一个阶段，都该喜欢那一段时光，完成那一阶段该完成的职责，顺生而行，不沉迷过去，不狂热地期待着未来，生命这样就好。不管正经历着怎样的挣扎与挑战，或许你都只有一个选择：虽然痛苦，却依然要快乐，并相信未来。

总有几分钟，其中的每一秒，你都愿意拿一年去换取；

总有几颗泪，其中的每一次抽泣，你都愿意拿满手的承诺去代替；

总有几段场景，其中的每幅画面，你都愿意拿全部的力量去铭记；

总有几句话，其中的每个字眼，你都愿意拿所有的夜晚去复习。

如果，你正在埋怨命运不眷顾，那么请开导自己：命，是失败者的借口；运，是成功者的谦词。命运从来都是掌握在自己的手中，埋怨，那只是一种懦弱的表现；努力，这才是人生的态度。

如果没有盲目的期待，就不会有失望。如果能了解一切都是无常，就不会攀缘执着；如果不攀缘执着，就不会患得患失，也才能真正完完全全地活着。

生命有期限，但当你不断地进行自我探索，在努力中完善自己的时候，跟人相处之时不断地调整自己，你就会发现，生命也是无止境的，可以无止境地，趋向美好。做自己当然好，但为什么不能做一个更好的自己？那不是放弃自己，而是让自己能够更好地享受生命，享受做自己的乐趣。

每个生命过程，都有对爱和梦想的渴望。每个人，都有自己努力的方式。不抱怨不诉苦，最后度过了这段连自己都能感动的日子。不要着急，慢慢来，你会看到你的未来。

人生只有走出来的美丽，没有等出来的辉煌；人生没有一劳永逸的开始，也没有无法拯救的结束。

你或许改变不了环境，但是可以改变自己；改变不了过去，但可以把握现在；不能样样顺利，但是可以事事尽心。

亲爱的，愿你和这世界交手多年，光彩依旧，兴致盎然。

一个人的行走范围，就是他的世界

白羊座头脑机敏，集策划和执行于一体，是行动派的绝对代表。而且他绝对不是嘴上和你誓死保证，行动上大打折扣的人，这让他成为比较难得的职场全才。

在事业上，白羊座是严肃以对的，无论他们的职业是只有一份，还是兼职两三份，必定都是全力以赴的。守护行星火星带来的行动本色，扫除了光磨嘴皮子不行动的缺陷，面对再大的问题都不会拍拍屁股走人的。

许多人在这车如流水马如龙的世界过活，
恰如在阿尔卑斯山谷中乘汽车兜风，
匆匆忙忙疾驰而过，无暇回首流连风景，
于是这丰富华丽的世界便成为了无生趣的囚牢。

漂泊不一定就是流浪，也可以是思想的沉淀。就像一艘孤舟，在行走中实现自己的价值。

在这个光怪陆离的人间，没有谁可以将日子过得行云流水。但你始终相信，走过平湖烟雨，岁月山河，那些历尽劫难、尝遍百味的人，会更加生动而干净。时间永远是旁观者，所有的过程和结果，都需要自己承担。

在这个世界上，无论别人怎么看你，其实并不重要。因为好多时候，你没有必要看别人的脸色生活，那样做只会让你徒增压力。

每个人都是一个小世界，而自己的心就是统治它的君主。明白了这点，你会叫烦恼走开；明白了这点，你就会叫压抑远遁；明白了这点，你就不必在意飞短流长；明白了这点，你才能从容面对一切。

欣赏自己，就要把自己描绘成一幅画。

你可以让画面上长出绿草红花，你可以让流水汩汩，你可以让山林幽幽，你可以让阳光温柔地照亮这一方天地。

欣赏自己，就要把自己想象成一首歌。这歌声具有穿透力，能让你在春天感受鲜绿的生机，能让你在夏天体验火红的激情，能让你在秋天观赏金黄的美景，能让你在冬天触摸雪白的诗意。

世界上，没有谁能拒绝快乐的歌曲，你如果真的把自己当成这样一种声音，那么你的存在，也会让这世界多了一份叫人难忘的美丽。

欣赏自己，就要把自己涂抹成一首诗。怎么解读你，那是别人的事情：有人喜欢，那是因为他的心灵可以与你共鸣；有人厌恶，那也正常，那是因为他还缺乏品味你的知识素养。

只要你充满真诚，相信越来越多的人能看见你语言里包涵的隽永。

欣赏自己，并不意味着你自负。一个不懂得欣赏自己的人，他离快乐的距离会很远：他会失去自己的自由奔放的个性，让自己小心翼翼地在意别人挑剔的眼光，过分在意自己一城一地的短暂得失，痛苦会如蛇舌一样不时舔舐他的心。

一个不懂得欣赏自己的人，他还会无来由地贬低自己，一个自己都看不到自己魅力的人，别人怎么能欣赏你？

欣赏自己，就可以清醒地认识自己。虽说“旁观者清，当局者迷”，但只要静下心来想想，这世界上，每个人都有自己一摊子绕不开玩不转的事，谁还有那么多的精力来关注你。

只要你细心琢磨就会发现：每个人对自己的思想、动机、行为等等是最熟悉的，熟悉得就像自己有时不得不面对以及抚摩自己的身体一般。要持久地欣赏自己，你就得不断地完善自己，使自己朝着自己向往的理想方向大踏步行进！

欣赏自己，会让自己变得大度豁达。在这世界上，最能左右自己心境的人其实还是自己。

人生在世，草木一秋。只有能够真正做到心平气和，才会让每一个平淡的日子慢慢地生动起来，才会头脑清醒地去审视自己，才会把一些名利得失看成过眼云烟，才会去干自己想干也能干的事情。

世界再精彩，他人再美好，都与你无关，你就是你，只须梳理自己的羽毛，飞你想去的地方；世界再冷漠，他人再虚伪，这些也与你无关，你还是你，若把生活看成一种刁难，你终会输，若把生活当作一种雕刻，你总能赢。

充满乐观气息、安贫乐道的人，好运便会与之相伴；充满悲观思维愤世嫉俗的人，霉运很难不与之相随。所以，一切的发生都是自己内心的映照。你若盛开，蝴蝶自来，你若精彩，天自安排。

你是一个什么样的人，就会听到什么样的歌，看到什么样的文，写出什么样的字，遇到什么样的人。

你能听到治愈的歌，看到温暖的文，写着倔强的字，遇到正好的人，你会相信温暖、信念、梦想、坚持这样看起来老掉牙的字眼，是因为你就是这样的人。

一个能在自己的精神世界自由行走的人，无论他是富有还是贫穷，快乐与自信始终是他行走在滚滚红尘中的形象。

对这个世界绝望是轻而易举的，对这个世界挚爱是举步维艰的。你要学会前进，人群川流不息，在身边像晃动的影片，你怀揣着自己的颜色，去一心要到的地方。

换了夜晚，换了城市，换了路标。你跌跌撞撞，依然做一个挚爱这个世界的人。

只要你的心是晴的，人生就没有雨天

作为黄道十二宫的先驱者，白羊座是积极、主动的代言人。由于乐观主义贯穿于其身心，所以他极少愁眉苦脸。消沉沮丧的种子，即便已经埋入白羊座的土地，也会迅速烂掉。

白羊座心如明镜，所以不屑于耍阴谋诡计和心眼手腕。

他的脑子里总能生出新的想法和思路，也会本能地做出正确选择，采取相应措施，从而迅速打开工作局面，并像喷发的油井一样效益显著。

人的心是一块田，
你不在那里种下玫瑰，那里就会长满荆棘。
喜悦是玫瑰，贪欲是荆棘。
一个内心被各种贪欲所捆绑的人，
就是这个世界的苦役。

有时你难免会觉得，生活在这样一个复杂的世界里，被其中不重复也毫无规则的事情拉扯着，朝世界尽头盲目地跋涉。生活里到处都是这样那样悲伤的隐喻，被熟悉的世界一点点放弃的感觉，就像曾经一直坚持的东西，一夜间面目全非。

曾经你会在躲雨的屋檐下看着一个个被接走的人，觉得自己像是只弃猫，曾经你会在饿得胃疼却连水都没得喝的时候很想哭，曾经你会在拥挤的公交车上被人左推右推的时候感到委屈，曾经你在冬天的夜色里默默对自己说“生日快乐”，曾经你在被冤枉却无力辩解时躲在厕所捂着嘴巴压抑着哭声。

当生活把你抛进火坑，你不得不在里面时，根本谈不上什么坚强和勇敢。

别人所能承受的你也同样能承受。坚强或者软弱，不是由性格决定的，是由信念决定的。

生活总是由快乐与悲伤交替上演着，在你遇到心情阴霾的时候，也不用沮丧，不用失望，因为快乐就在不远处走来。对待生活，要始终充满信心，坚守住自己心里的阳光。

不要在意别人在背后怎么看你怎么说你，因为那些言语改变不了事实，却可能搅乱你的心。

人生路，或长或短，都在经历，都在次次磨难中成长，或悲或喜，你会在不经意中发现，每一个没有被潮汐湮灭的脚印里，都记录了你的风风雨雨。

每个人的足迹，因为性格不同，因为能力大小不一，因为所处环境不同，各自的分量与价值都是不对等的。不论是大是小，或者谁高谁低，但书写的都是自己人生的足迹。有人会走上一条平坦的通幽小径；有人会经历许多的磨难；有人会一辈子与成功无缘；有人则是上帝的宠儿。

每一次跋涉就是一次考验，无数的脚印就

是生命的诠释，岁月又把他们缀成一条曲折的路。在这条路上，镌刻着生命的全部历程。

岁月留下的人生足迹，用真心走过来的，那是人生百味的过去；用真情写出来的，那是有苦有甜的往昔。虽然平平常常，但却真真切切。

在生命的旅程上，我们是永恒的寻路人，我在不停地寻找快乐，寻找幸福。在生命的旅途中，我们皆是匆匆的过客，也许行色匆匆，也许闲情逸致，也许激情昂然，也许步履沉重，也许心花怒放。当有一天蓦然回首，看看自己走过的足迹，一个脚印就是一页历史，人生之路留下脚印一串串，深浅不一，收获不一。

人生无常，最重要的不是你所处的位置，而是你所朝的方向。你不能决定生命的长度，但你可以控制它的宽度；你不能左右天气，但你可以改变心情；你不能改变容貌，但你可以展现笑容；你不能控制他人，但你可以掌握自己；你不能预知明天，但你可以利用今天；你不能样样顺利，但你可以事事尽力。

你若爱，生活哪里都可爱；你若恨，生活哪里都可恨；你若感恩，处处可感恩；你若成长，事事可成长。不是世界选择了你，是你选择了这个世界。既然无处可躲，不如淡然；既然无处可逃，不如喜悦；既然没有净土，不如静心；既然没有如愿，不如释然。

那落潮后湿漉漉的脚印里，留下的印迹，无论是一片混浊，还是一汪清澈；

那落潮时已经干枯的脚印里，或许印有阳光，或许布满阴霾；

那阳光与阴霾铭刻着你曾经的光辉和沟壑，无论结果怎样，都篆刻着自己的亲身经历；

那落潮时满是尘灰的脚印里，留有的风沙，那里可能埋藏着你最刚毅的创伤。

如果那一串脚印里，还出现了凌乱，那里一定装着你的忧愁苦难。在这条路上，镌刻着生命的全部历程。人生的风景好与坏，取决于自己的心态，取决于自己观察的角度。

我不怕死去，
只怕活得不够精彩

在白羊座貌似温驯无心机的外表下，藏着对世界不小的野心，他总是希望自己在团队中的地位在其他人之上，因为他觉得同样的事，自己有能力有思想做得比其他人更好，以此来显示自己的与众不同和才华出众。

白羊座这种攀比心理很简单，而且也不涉及什么钩心斗角，他觉得自己这是还算善良的明争。

世界精彩，天空大地，
你走的每一步，都色彩斑斓，不曾重复。
不知修了多久，才能活这一次，
既然来了，就该尽兴。

每个人都是带着使命来到人间的。无论他多么平凡渺小，多么微不足道，总有一个角落会将他搁置，总有一个人需要他的存在。

有些人在属于自己的狭小世界里，守着简单的安稳与幸福，不惊不扰地过一生。有些人在纷扰的世俗中，以华丽的姿态尽情地演绎一场场哀喜人生。

各式各样的人们，拥有着不同的梦想。

画家的梦，总是闪耀着凡·高描绘的星空的光芒；诗人的梦被江南的水润泽着、有着鸟语蝉鸣为它伴奏；旅行家的梦里，是拉萨——这座最接近天空的城市，是经幡下的高原红，是原野上奔跑的牛羊。

迈克尔·克莱顿，想让侏罗纪公园成为现实；史蒂芬·乔布斯，想让科技改变世界；斯蒂芬·威廉·霍金，想试图证实外星人真的存在。

人生是场表演，它以生活为舞台，以时间为布景，以情感起伏变化为线索，以我们经历的人与事为情节，以精彩与成功为高潮。你哭也好，笑也罢，愿意也好，被动也罢，这是一场你无法拒绝的表演。

上帝给每个人都是平等的一杯白开水，但在白开水杯中添加什么是你的选择。

那些喜欢你的也许有一天会不喜欢你，那些你抓紧的也许有一天会抓不住，那些你想实现的梦想也许根本实现不了，那些曾经以为无比重要的总有一天会变成不重要的。

没有人有耐心听你讲完自己的故事，因为每个人都有自己的话要说；没有人喜欢听你抱怨生活，因为每个人都有自己的苦痛；世人多半寂寞，这世界愿意倾听、习惯沉默的人，难得有几个。我再也不想对别人提起自己的过往，那些挣扎在梦魇中的寂寞、荒芜，还是交给时间慢慢淡漠。

不过这些其实都没什么，很多年以后你回想起来，唯一让你觉得真实和骄傲的，是你昂首挺胸用力走过的人生。

人生的精彩不仅仅在于跟亲人、朋友之间共有的富贵荣华，也在于那患难之时的携手共度，不离不弃；人生的精彩不仅仅在于相拥一刻的欢心和拥有，也在于离别之时的执手相看泪眼。

人生的精彩不仅仅在于开心欢笑时的那份喜悦，也在于伤心落泪时的真情体会，人生犹如一片海，有起有落有色彩。人生就是这样，有月圆之时的明亮，也有月亏之时的魅惑，有塞翁失马后的意外之喜。

人生的精彩就是这样，在你看过了人生的种种风景，美的不美的，得与失，成功与失败，开心与伤心，得意与落寞，相拥与别离，人生的精彩便尽在眼底，此时此刻也许才是真正的美不胜收。

只有真切的哭过，绝望的累过，钻心的痛过，无言的悔过，此生方算完整。你想走的，是一条精彩的人生之路。把能做的，该做的，做到极致，珍惜一切，若累了，两手一摊，余生皆假期。

愿能记得最初的梦，实现时，仍来得及。愿路的尽头，你还是你。

人们常常忘记自己想要的究竟是什么，常常迷茫于自己需要的是什么，然后花大把大把的时间去思考这样的问题，想到了却下不了决心去做，做了却没有足够的勇气去坚持。重复着长时间的忘记和短暂的想起，就这样挥霍掉了青春。也许，年轻真的没有什么不可以吧。

打拼和上进，不是做给别人看，而是为了不枉此生。怀抱着这份信念，得意的时候才不会自满；不如意的时候也就懂得变通和自省。人生要有这种高度，才能够面对境遇的无常；毕竟，你只要活出最好的自己，而不是要跟任何人比较。

这仍然是一个相信汗水和泪水的世界，所有的“被看到”、所有的“能发光”，都不过是在灰扑扑的日子里，不动声色、全力以赴的结果。失败不是耻辱，而是勋章。

我们都要活得再用力一点，别辜负这短暂的一生。

让你伤心的，
有一天你会笑着说出来

白羊座会因为悲伤、愤怒而脾气大发，火势发作虽猛，但也消失得很快，恰如夏日冰雹，骤然来势凶猛，顷刻间又烟消云散。

白羊座不会与人结怨，也不会寻机报复，更不会心底生恶。感情风暴过后，乐观的性格又会重新生根开花，宛若彩虹横空，雨过天晴。

千万别被白羊座的外表莽撞、气壮如牛给骗了，白羊座骨子里的软弱正需要这些来掩饰。

多年后，
再回想年少时的迷茫和执着，
或许原因都不记得了。
青春就是让你张扬地笑，
也给你莫名的痛。

有时候生活只能后知后觉，但却必须勇往直前，人生不可能总是顺心如意，但持续朝着阳光走，影子就会躲在后面，刺眼却是对的方向。

忙碌了一天回到家，一个人躺在沙发上，一个人喝咖啡，一个人望着天台，楼下车来人往，城市车水马龙。忽然，心就空荡了，伤就蔓延了，一个人打拼的日子真的很累很辛苦。渐渐地，开始流泪，哭着哭着，便想不如这样睡去罢了，起码抵得过一夜的清冷。

匆忙乏味的生活是否让你觉得平淡无奇，是否让你厌倦了现在的工作，厌倦了不断重复的每一天。工作并不顺利，生活也并不那么如意，每天几乎重复着同样的动作，走着同样的路，听着同样的否认和埋怨。

你是否想过要放弃，放弃多年的执着和坚持，只是做一个平平庸庸的俗人？

当奋斗变为偏执的追逐，你的幸福感瞬间就被这个城市的名利和欲望“呼”的一声淹没了，从此失去方向。

于是你开始只做有意义的事，只说有意义的话，无论什么，总是先问一下，这样做的意义是为了什么，却忘了告诉自己，其实我们活着，感受幸福，这本身就是生命最大的意义。

你或许不曾注意过自己所拥有的东西，家还在，父母还在，身体没有残疾，可以立刻背上旅行包，去逛逛你一直想逛却舍不得逛的街道，去走走你一直想走却一直没时间去走的城市，去看看你一直想念却无缘相见的那个人，去感受一下这些你一直都在拥有的权利和幸福。

但你要知道，这个世界，没有一种痛是单为你准备的。因此，不要认为你是孤独的疼痛者，也不要认为，自己经历着最疼的疼痛。尘世的屋檐下，有多少人，就有多少事，就有多少痛，就有多少断肠人。在芸芸众生的痛苦里，你才会发现，自己的这点痛，真的不算什么。

寻找能支撑自己的东西，听一首平复心情的歌，明日醒来，故事翻篇。就算举步维艰，也要翻山越岭，去自己想去的地方。

人们都一样，生来本是幸福的，只是由于都太忙了，都忘记了好好睡上一觉。或许明早起床，你可能从来不曾留意过，阳光慢慢爬在你的脸上，会觉得很暖。

其实，你不需要盲目追逐，不需要感到累；其实，你可以为自己而活，因为明天无法预计，何不珍惜当下所拥有的呢？倘若你愿意停下脚步，看看风景，你会发现，其实人生苦苦追求的目标和快乐一直就在你的身边。

一个人总要走陌生的路、看陌生的风景、听陌生的歌，然后在某个不经意的瞬间，你会发现，原本费尽心机想要忘记的事情真的就那么忘记了。幸福，不是长生不老，不是大鱼大肉，不是权倾朝野。幸福是每一个微小的生活愿望的达成。

许多事情只是当时身临其境时很痛苦，其实回过头来想想也没什么。那些当时你觉得快要了你命的事情，那些你觉得快要撑不下去的伤痛，都会慢慢地好起来。就算再慢，只要你愿意等，它也会成为过去。

而那些你暂时不能战胜的，不能克服的，不能容忍的，就告诉自己：凡是不能杀死你的，最终都会让你更强。

生活给予你挫折的同时，也赐予了你坚强。对于热爱生活的人，它从来不吝啬。酸甜苦辣不是生活的追求，但一定是生活的全部。试着用一颗感恩的心来体会，你会发现不一样的人生。

世界以痛吻你，你要报之以歌。只有经历过地狱般的磨砺，才能练就创造天堂的力量；只有流过血的手指，才能弹奏出世间的绝响。

每个人心中都有一道暗伤，这个伤口不轻易对人显露，而自己也不敢轻易碰触。总希望掩藏在最深的角落，让岁月的青苔覆盖，不见阳光，不经雨露，以为这样，有一天伤口会随着时光淡去。

也许真的如此，时间是世上最好的良药，它可以治愈你的伤口，让曾经刻骨的爱恋也变得模糊不清。

终有一天，你的负担将变成礼物，你受的苦将照亮你未来的路。

你心里有一盏灯，照亮真正适合你走的路

即便是面对一窍不通的话题，白羊座也能兴致勃勃，滔滔不绝。他的优势不在于耐心听讲和拘泥细节。

白羊座毫不在意昨天的教训和明天遥遥无期的展望，今天才是他们心安理得之所在。

白羊座要全力以赴的正是现在之时、现行之事。

理想和现实总是有差距的，
幸好有差距，
不然，谁还稀罕理想。

人生就是一张试卷，上面有很多选择题，怎么选择全凭你自己。纵使人生的选择题没有标准答案，选择的时候也要遵从自己的内心，日后方少一点后悔，也算不负此生。

唯有这样，你才会比任何时候都要努力，因为你想用行动去证明：你的选择是正确的。

某作家曾说过："有些梦想，纵使永远也没办法实现，纵使光是连说出来都很奢侈。但如果没有说出来温暖自己一下，就无法获得前进的动力。"

生活可以漂泊，可以孤独，但灵魂必须有所归依。人们之所以寂寞，是因为他们不去修桥，反而筑墙将自己围堵起来。世界上根本没有那条"更好的路"，只有一条路，就是你选择的那条路。关键是，你要勇敢地走上去，而且要坚持走下去。

你迷茫，但你从不逃避现实；你冷漠，可是只要遇见对的人，你会燃烧；你怯弱，但必要时你会拿出足够的勇气；你没有远大的理想，但每一天你都在默默地努力；你也许渺小，但是你值得自己骄傲。

凡是到达的地方，都属于昨天。哪怕那山再青，那水再秀，那风再温柔。太深的流连便成了一种羁绊，绊住的不仅是双脚，还有未来。

其实你在追逐梦想的时候，早就意识到有些梦想很有可能不会实现，可是你还是决定去追逐。失败没有什么可怕的，可怕的是从来没有努力过还怡然自得地安慰自己，连一点点的懊悔都被麻木掩盖下去，没什么比自己背叛自己更可怕。

人为什么要背负感情？是因为只有在人们面对这些痛楚之后，才能变得强大，才能在面对那些无能为力的自然规律的时候，更好地安慰他人。

人为什么要背负梦想？是因为梦想这东西，即使你脆弱得随时会倒下，也没有人能夺走它。

即使你真的是一条咸鱼，也没人能夺走你做梦的自由。

所有的辉煌和伟大，一定伴随着挫折和跌倒，所有的光芒背后都是一座座高墙。谁没有一个不安稳的青春？没有一件事情可以一下子把你打垮，也不会有一件事情可以让你一步登天，慢慢走，慢慢看，生命是一个慢慢累积的过程。

不要去怀疑你现在做的事情值得不值得，那应该是旁人心中的评价，也不要去怀疑自己是否愿意，要坚定自己的心。你是否还记得这样的说法：这个世界的所有事情，旁人评说，都是值得或者不值得，而在自己看来，是愿意或者不愿意。

你相信梦想，梦想自然会相信你。

无论受多大创伤，心情多么沉重，都要坚持住。太阳落了还会升起，不幸的日子总有尽头，过去是这样，将来也是这样。

那些看似末日的终将证明只是过程。时光永远不会逆行，把握好每一个属于自己的清晨。所有的人都想停留在那山顶上，但是所有的乐趣和成长都是发生在往上爬的过程中。

人的一生很像是在雾中行走，远远望去，只是迷蒙一片，辨不出方向和吉凶。可是，当你鼓起勇气，放下忧惧和怀疑，一步一步向前走去的时候，你就会发现，每走一步，你都能把下一步路看得清楚一点。往前走，别站在远远的地方观望，你就可以找到你的方向。

那些心情，那些往事，已经不再那么重要了，只要曾经在生命中真实地存在过，又何须计较太多？让自己那么苦、那么累呢？一切皆由缘，冥冥中很多事已经注定了，无须惊讶，更无须忧伤、感慨。

你奔跑，这个世界就会跟着你奔跑；你停驻，这个世界就会舍弃你独自奔跑。唯有你确定一个方向，使劲地跑起来，这个世界才会为你而让路。

每一条走过来的路，都有它不得不那样跋涉的理由。每一条要走下去的路，都有它不得不那样选择的方向。

世上没有强大的敌人，只有不够强大的自己

白羊座性格中尚有天真执拗的一面。这是一种挥之不去的乐天信念，如斗士般热忱。

凡是白羊座不愿屈服、不肯相信的事情，白羊座都会蒙上双眼，塞住耳朵，即便是明知道自己可能会失败，也同样勇往直前，坚持己见，信心十足地捍卫自己所热爱的一切。

困难就像一朵乌云，
虽然挡住了阳光，
但也酝酿了雨水，让你成长。

如果说人生是一段旅程，那生活就必定是一场修行。如果能够承受巨大的失落，眼看着美好被岁月和生活消耗。如果还能在这样的现实中，保持创造和热爱，那我们就是真正的强大了。

如果生活中，有一个人想把你踩在脚下，不要以为生活错待了你。或许，还有十个人想要把你踩在脚下，只是你的强大，让他们没有机会伸出脚来。不要抱怨这个世界弱肉强食，你会逐渐发现，它看起来很残酷，却十分公正。

人们常为挫折而苦恼，总是认为，也许自己不是一个优秀的人。在沮丧中，你失去了对自己的信任；在他人的眼光中，你匍匐前行，有时候甚至失去了前行的勇气。

生活中遇到他人对你自尊和自信的打击，或者是工作上的责难，或者是学习上的嘲笑，或者是爱情中的被遗弃，确实都是人生中很残酷也很难接受的事。人的自尊心和自信心是最脆弱的东西，你会怀疑自己："是不是我真的这么差啊？"而后这种消极的情绪会使你沮丧甚至一蹶不振。

你无法做一个人人都喜欢的完美的人，你只能努力去成为更好更坚毅的自己。很多时候，事情并非如我们想象得那么糟，只要你不放弃，继续努力下去，迟早会有人在收获的季节发现你这可爱的果实。

毕淑敏说过：优等的心，不必华丽，但必须坚固。因人生有太多压榨和当头一击，会与独行的心灵在暗夜狭路相逢。如果没有精心的特别设计，简陋的心很易横遭伤害一蹶不振，也许从此破罐破摔，再无生机。没有自我康复本领的心灵，是不设防的大门。一次小伤，便可能毁掉生命；一星火药，便可能烧毁整个森林。

要走向真正的强大，必然需要开放内心，学会调整自我，遇到现实问题学会判断，在各种影响面前懂得取舍，只有吸纳了更好的观点及思维，接受更好的影响，你的生命才会有足够丰富的养料，才能成长得更加健康和茁壮。

你可以不成功，但不能不成长，没有什么比自己背叛自己更可怕，你唯一能把握的是变成最好的自己。也许你最后也没能牵到那个人的手，但是你付出了，就不会有遗憾；也许最后你也只是默默无闻，但你曾经为了将来努力奋斗了一把；也许你最后也没能环游世界，可是，你却在实现梦想的途中找到了自己。

那是一个能够为了目标默默努力的自己，不抱怨、不浮躁、不害怕孤单，能很好地处理寂寞、沉默却又努力的自己。

要使生命开花结果，必定要经过磨难的洗涤灌溉，经常在安逸的空气中，反会使生命花朵的枝条柔弱无力，一遇意外摧折便会凋落。

有一天你将破茧而出，长成比人们期待的还要美丽的蝴蝶，但这个过程会很痛、很辛苦，有时候还会觉得灰心。面对着汹涌而来的现实觉得自己渺小无力。但这也是生命的一部分。做好现在你能做的，然后一切都会好的。

真正的自信不仅源于对自己能力的肯定，也是每天不断的心理暗示的结果。永远不要让清晨太慌乱，干净整洁地站在镜子前，送给自己一个微笑，可以马上感受到快乐，竖起大拇指，自信的力量会围绕在左右。

坚持做最好的自己，岂能尽如人意，但求无愧我心。这样想，你会轻松快乐许多。然后，你便能有美丽的心情看到生活中的种种美好，水清鱼读月，花静鸟谈天。世界，仍是一个等待你成熟的果园。

生活总是遗憾和美好并存。心中有爱，才能感受到爱。相信有天使的存在，才会有天使出现来保护你。

想说的是，踽踽独行中，能做到的，就是让自己更坚毅更强大。永远都不要小看内心的力量。正如朗达·拜恩《秘密》中所说，“越去使用你的内在力量，就越会引出更多的力量。”

每个人真正强大起来，都要度过一段没人帮忙、没人支持的日子。所有事情都是自己一个人撑，所有情绪都是只有自己知道。但只要咬牙撑过去，一切都不一样了。

第六辑

愿你的情话有主，再不孤独

白羊座在人前从来不愿承认自己是孤独的，他总是没心没肺地笑，大口喝酒大声歌唱，好像永远不知疲倦，生活也似乎永远被快乐填满。许多人会羡慕白羊座的这份自信，也暗暗希望自己能够像他那样，把自己的日子过得有声有色。

只有白羊座自己知道，他燃烧了生命与热情，是为了驱赶孤独的寒冷；他的自信与昂扬，是为了掩饰一个人生活的麻木；他把生活日程排满，是因为不想独自面对寂寞。可是白羊座从来不曾想过，正是因为这样刻意的逃避，才让问题悬而未决，也让愿意了解他的人望而却步，还以为他真的不需要关心呢！

每 个 人 都 是 自 己 的 天 使 ，这 世 界 本 无 人 落 单

白羊座其实很小资，有着别人未必理解的爱好，喜欢感动心灵的文字，喜欢街头拐角处不知名的咖啡店，热爱一切可爱的让人温暖的事物。

白羊座喜欢看着心爱的人，哪怕什么都不做，透过双眼传递出的感情，就能让白羊座感到安宁。

白羊座强大的感受力和精神世界，是你需要小心呵护的。有个白羊座恋人，真的是件幸运的事。

你要相信这个世界上一定会有一个你爱的人，
他会穿越这世间汹涌的人群，
一一的走过他们，
捧着满腔的热和沉甸甸的爱，
走向你，抓紧你，
你要等。

孤独是漫长的海岸线，泛滥起来都分不清天与海的边界。

孤独是看不清方向的小路，怎么走，好像都走不到路的尽头。

孤独是你一个人站在街口，看着川流不息的马路，却看不到别人伸出的手。

如果有必要相遇就终究会遇到，如果遇不到就说明你们之间没有相遇的必要。无论是否情愿，该发生的事情总是会发生的，地球人把这种事情叫作命运。

春光不必趁早，冬霜不会迟到。相聚和离开，都是命中注定的刚刚好。

有些人和你在一起，会令你疑神疑鬼；

有些人和你在一起，却让你神采飞扬。

有些人和你在一起，会令你哭泣难过；

有些人和你在一起，却让你越来越好。

有没有爱对人，看自己的状态就好。越来越差的，不管有多爱其实都错了。爱对人，他会让你如沐阳光。温暖是爱情的真谛。

热烈的爱情也许会归于平静，平静的爱情有一天也许也会热烈灿烂，你想要热烈的爱情，也许到最后适合你的只是细水长流；你想要悠长恬淡的爱情，可也许最让你刻苦铭心的是那一瞬间的冲动。

这世上本没有完美的爱人，只有时间能让他逐渐变得完美，你们会不停地磨合，然后学会包容对方。成长的道路上你可能会遇见很多人。有人嫌弃你的体重，有人介意你的容貌，有人害怕你的无理取闹，有人受不了你的脾气，有人嫉妒你的优秀，也有人看轻你不把你当回事。尽管如此，总有一个人正在接受并习惯着你的这些，他没走，一直都没走，也许他才是你的真命天子。

记住，需要费心操劳的，需要勉强敷衍的，都不是真正属于你的东西。任何挣扎或者拉扯的过程，只会使你成长。真正属于你的事物，只会以自动出现的方式靠近你，并且自在而适宜，得心应手，不吵不闹。

所以，总有一天，会有一个人，看你写过的所有状态，读完你写的所有微博，看你从小到大的所有照片，甚至去别的地方寻找关于你的信息，试着听你听的歌，走你走过的地方，看你喜欢看的书，品尝你总是大呼好吃的东西。那只是想弥补上，他迟到的时光。

不是每个追求你的人都值得信任。对你好，总有目的：有些人是想要占有你，而有些人是想要保护你。想占有你的人，虽然追求你的时候千好万好，可一旦得到，他就不在乎了。而想保护你的人，才会默默陪伴你一生。为你的美丽而来的人，也会为别人的美丽而走。只有为你的心而来的人，才会长久。

你常说：千山万水不可怕，只是惶恐无疾而终。你相信，当你需要时，会有人愿意翻山越岭，与你十指紧扣。你不屑与任何人去争，你坚信：爱我的不用争，不爱的争来也没用。

任何事情总有答案，与其烦恼，不如顺其自然。

因为无能为力，所以顺其自然；因为心无所恃，所以随遇而安。最宝贵的东西不是你拥有的物质，而是陪伴在你身边的人。不能强迫别人来爱自己，只能努力让自己成为值得爱的人，其余的事情则靠缘分。

总有一些美好，是辛苦等待换来的。

所以，你要相信，属于你的总会到来。只是你需要安静耐心地等，在等待的过程中，试着让自己的内心变得更丰富、强大。

你要记得，成功的人并不是像兔子那样不停歇地奔跑，而是像乌龟那样，虽然慢，但懂得欣赏沿途风景，凭着热情与坚持不懈的努力，也会取得胜利。

等待，是为了更好地遇见，为了有更多的机会选择一个正确的人。等待不是挑剔，也不是眼高手低，等待只是让自己学会淡然地生活、正确地选择。但是，在孤独地等待这段时光里，又恰恰是生命的历练。痛苦就是痛苦，对痛苦的思考才是财富。

对的，爱情也是如此。不要总把受伤的爱情当作成长必经之路，伤痛多了会害怕。难道没听说过“一朝被蛇咬，十年怕井绳”吗？如果在爱情中总是受伤，只会让自己变得越来越脆弱。

任何时候，调适好自己都是根本。先让自己值得爱，而不是飞蛾扑火般去乞求爱。当我们不再用外物捆绑自己、不再自我束缚时，才能获得不靠依赖而拥有的幸福感，这种幸福感才更值得你去追求和珍惜。

年轻的你，有足够的理由相信：你将会得到这世间最幸福的一份爱。所以，我也有足够的理由劝告你，要耐心地等待。

不要太早地相信任何甜言蜜语，不管那些话语是出于善意还是恶意，对你都没有丝毫的好处。

果实要成熟了以后才会香甜，幸福也是一样。

一个人，并不是孤独，如果你喜欢，它就是喜悦，是意境，是海棠花里寻往昔，那往昔，处处是醉人的旧光阴。有爱情，便全心对待，没有爱情，也一个人惬意。学会一个人生活，不论身边是否有人疼爱。做好自己该做的，有爱或无爱，都安然对待。缘分到了，伸手便去抓住，缘分未到，就去为自己营造一个温馨的小世界。

总有一天，你会不需要轰轰烈烈的爱情，你想要的只是一个不会离开你的人，冷的时候他会给你一件外套，胃里难受的时候他会给你一杯热水，难过的时候他会给你一个拥抱，就这么一直陪在你身边，陪你走过每一段路。不是整天多爱多爱，而是认真的一句：不离开。

孤独
是场无人递粥的重感冒

白羊座是个很有干劲的人，他喜欢那种融在当下社会节奏中的自己，别人在忙碌，他也喜欢充实着。

白羊座追求有目标的生活，每天都是力量充沛的开始。可是一旦都尝试过了，找不到目标，就会失去热情，仿佛世界就只有自己一个人没有方向，那是一种让人不安的孤独。

当有一天，
你发现你的情绪不能用语言说出来，
而宁愿让自己渐渐消失在深夜亮着华丽街灯的街道上，
这就是孤独。

世上最痛苦的事之一，不是你在落单，而是在你的身边有一圈人，却让你感觉自己是孤身一人。

无声的夜悄然蔓延，不知不觉，岁月寂静地伴着一个个夜晚擦身而过。尘世的风，带着宁静的倦容，撩动了尘封的心弦，吹疼了你记忆深处的落红，轻易地俘获了你荒芜的流年，抖落了一地的记忆尘烟。

你迷茫地伫立窗口，却不知该如何安放自己的寂寞。总会有几个不眠夜，熄灯后的房间黑暗得就像有一股不知名的力量拉扯着你，让你烦，让你躁，甚至不知所措。

孤单是一个人的狂欢，狂欢是一群人的孤单。

没人能将日子过得如行云流水，当我们漫步夕阳西下时，不希望孤单的背影出卖我们孤独的心境。当手机晋升为我们的分身情人时，我们每天盯着手机阅读着他人的故事，发出“呵呵”的笑声，是笑他人太疯癫抑或是其他？

在车水马龙的大街上，在熙熙攘攘的人群中，我们每天都在寻找自己的立足之地。

孤独感成了生活里最固执、最持久的一部分，而与之对峙、战斗、和解又几乎将贯穿我们的一生。没有多少人能做到像卡夫卡那样，享受孤独，甚至渴求孤独。

孤独是手机里的电话号码越来越多，每天接的电话越来越多，每天发的短信越来越多。可是当你突然看到一片曾经在梦里反复出现的葵花田，你兴奋地拍照，大声地呐喊，可是过后却不知道要把拍好的照片传给手机里的谁，那一瞬间你突然明白，一路走到现在，已没有人站在你身边，陪你看风景。

人生很多时候，最大的痛苦莫过于无法去突破自己。自己把自己紧紧地锁在那个黑漆漆的世界里，就和外界所有的精彩失去了所有的联系。

这样的生活是无忧无虑的，但是有时静寂得让人感到可怕。人是爱热闹的高级动物，很多时候被这种孤独包裹过紧，甚至会出现窒息。

有时候，明明自己心里有很多话要说，却不知道怎样表达；有时候，自己的梦想很多，却力不从心；有时候，别人误解了自己有口无心的一句话，心里郁闷得发慌；有时候，心里突然冒出一种厌倦的情绪，觉得自己很累很累；有时候，发现自己一夜之间长大，却看不到未来的样子，迷茫得不知所措。

曾经在某一个瞬间，我们以为自己长大了，有一天，我们终于发现，长大的含义除了欲望还有勇气和坚强，以及某种必须的牺牲。在生活面前我们还都是孩子，其实我们从未长大，还不懂得爱和被爱。

想想孤单的自己，孤独更会让你产生思念，有不舍，有留念，总是集中于那么一个人或一件事，多么温馨的画面，而现实又这么残忍。

生命的旅途中，总是有太多的路人，也许情投意合，也许相见恨晚，也许道不同不相与谋。但是，一切只是我们走过的足迹，有深有浅，收获各异。所以才会有人说出这样一句话：

“孤独没什么不好，使孤独变得不好的，是你害怕孤独。”

永远不要期待别人的拯救，只有自己才能升华自己。热闹时做别人的开心果，孤独时做自己的心上人，喜欢做的事就去成全，别让自己遗憾。

自己已准备好了多少容量，方能吸引对等的人与我们相遇，否则再美好的人出现、再动人的事情降临身边，你也没有能量去理解与珍惜，终将擦肩而过。

有一种孤独，身边添一个可谈的人，一条知心的狗，或许就可以消减。有一种孤独，茫茫天地之间“余舟一芥”的无边无际无着落，人只能各自孤独面对，素颜修行。

人的强大，除了自信、坚持，还有一点非常重要——学会享受孤独。无论是否有人理解、体恤你的悲伤，你都必须学会与自己交流。孤独看起来是一个人独处，实则是自己与自己的沟通。“孤独”另一个名字也叫“找自己”。

学会一个人生活，不论身边是否有人疼爱。做好自己该做的，有爱或无爱，都安然对待。缘分到了，伸手便去抓住，缘分未到，就去为自己营造一个温馨的小世界。

愿你和孤独温柔以待，不再害怕面对之前的自己，不再急于寻求外来的安全感，而能从自我找到安定的力量，找到坚持下去的勇气，找到属于自身的节奏。

那些爱笑的人，
都经历过不为人知的寒夜

或许连白羊座自己都不知道，其实自己是缺乏温暖的孩子，却总给别人播洒阳光。久而久之，伪装的坚强已成为保护壳。

若你敢对白羊说：别都自己扛，你还有我。那白羊座便会卸下所有武装，像孩子一样依赖你。你会看到他并没想象中那样坚强。只要你说了，那就别离开这个已经为你摘下面具，露出脆弱的白羊。

每件赏心悦目的东西背后，
总有一段悲哀的隐情，
连最不起眼的小花要开放，
世界也得经历阵痛。

有些笑容背后，是咬紧牙关的灵魂。

没有真正在黑暗里行走过的人，永远也不知道那份黑暗是多么可怕。只有深陷过无助黑夜的人，才会明白这样的夜漫漫无期，有时是给人很多的遐想和空间，但是更多的是一份清寂之中的空洞。人生无往不前，但是背负着太多的过往会被沉甸甸的重负压死。

是什么时候开始，学着不再哭泣的？哪怕是在痛极的时候，也只是一味地冷笑，强忍着要落泪的冲动，将眼中的那些雾水，一寸一分地强压下去，从心底慢慢地流出，混着那鲜红的血，一点，一滴。痛，在心中不断蔓延，似刀在绞，几乎快要窒息过去。

生命中总有那么一段时光，充满不安，可是除了勇敢面对，我们别无选择。生命，就是一树花开，或安静或热烈，或寂寞或璀璨。

日子，就在岁月的年轮中渐次厚重，那些天真的、跃动的抑或沉思的灵魂，就在繁华与喧嚣中，被刻上深深浅浅或浓或淡的印痕。

会有一天，你不再寻找爱情，只是去爱；你不再渴望成功，只是去做；你不再追求成长，只是去修。那么，一切才真正开始！那么，爱得美，做得成，修得好！灵魂走在回家的路上，这种美妙的感觉远远超过你想要的爱情、成功、成长。

当你走完一段之后回头看，你会发现，那些真正能被记得的事真的没有多少，真正无法忘记的人屈指可数，真正有趣的日子很短，而真正需要害怕的事也寥寥无几。

将这个浮华的世界看得更清楚，看穿伪装的真实，看清隐匿的虚假，很多原本相信的事便不再相信。但是，要去相信，相信美好，相信良善，相信最美的青春还在自己手上。

相信这个世界里美好总要多过阴暗，欢乐总要多过苦难，还有很多事，值得你一如既往地相信。

想到这里，不禁可以会心一笑，摸摸身边的小狗，想着，今晚，或许可以好好地安睡吧。城市依旧车水马龙，明天依旧要努力奋斗，但心却在这个城市的一个角落放下了一些东西，变得宁静、安详和温暖。

都说时间是最好的良药，当你觉得力不从心的时候，莫不如将一切交付给时间，它会让你把该忘记的都忘记，让你漫不经心地从一个故事走进另一个故事里。

走过了才明白，往事是用来回忆的，幸福是用来感受的，伤痛是用来成长的。让心在繁华过尽依然温润如初，带上最美的笑容且行且珍惜。

成长不是出口成章，说出许多深刻的道理，或者是思想境界达到很高。而是待人接物让人舒适，并且不卑不亢，保留自我的棱角又接纳他人的圆润。

当你熬过不为人知的黑暗，你的笑一定是从内心传达而来的安定和从容，那大概就叫作成熟。

把心事说给懂的人听，把爱多留给自己

说到主动，其实相反，白羊座有时候真的很被动。自信起来全世界好像都属于自己，自卑起来仿佛自己是世界的弃儿。

白羊座与朋友或恋人相处时，许多方面都是极力地去配合对方，他们觉得感情最重要，因此在诸如去哪里玩、吃什么之类的选择性的问题上总是会适他人意。

白羊座说得最多的就是“我都可以”，因为这一切在白羊座眼里都是不重要的，重要的是和什么人在一起，开不开心。

懂你的人，你不说话，
他就知道你心之所向，心愿所安；
不懂你的人，你说得再多，
却也是枉然。

你辛辛苦苦来到这个世界，不是为了每天看到的那些不美好而伤心的事儿。你生下来的时候就已经哭够了，所以不要把时间都用来低落了，去相信，去孤单，去爱去恨去浪费，去闯去梦去后悔，你一定要相信，不会有到不了的明天。

有时候，莫名地心情不好，不想和任何人说话，只想一个人静静地发呆。

有时候，突然觉得烦躁，心里闷得发慌，拼命想寻找一个出口。

有时候，发现身边的人都不了解自己，面对着身边的人，说不出话。

有时候，感觉自己与世界格格不入，曾经一直坚持的东西一夜间面目全非。

有时候，很想逃离现在的生活，想不顾一切收拾自己简单的行李去流浪。

有时候，别人对你说：你变了。然后自己开始百感交集。

有时候，希望时间为自己停下，做完自己还没来得及做的事情。

有时候，想一个人躲起来脆弱，不愿别人看到自己的伤口。

有时候，走过熟悉的街角，看到熟悉的背影，突然就想起一个人的脸。

有时候，明明自己心里有很多话要说，却不知道怎样表达。

有时候，觉得自己拥有整个世界，一瞬间又觉得自己其实一无所有。

有时候，看不到自己未来的样子，迷茫得不知所措。

有时候，常常在回忆里挣扎，有很多过去无法释怀。

有时候，很容易为别人的关怀所感动，有时候却麻木得像个笨蛋。

有时候，看着时间一点点流逝，独自叹息，却无能为力。

你也曾为了一次错误、一句傻话而忧虑良久，不惜为此赴汤蹈火，以求得一个理解。但最终发现，于己如此重要，于人却不过是过眼云烟。那些压得你心累心疼心烦的担子，大多都是自己强加的。毕竟，有些事情，该懂的人总会懂；不懂的人，其实永远无须多讲一句话。

人大了，渐渐学会把秘密和想说的话藏在心底，守住自己的心事，不肯说与人听，就像一头动物，把一堆有用没用的东西统统衔回自己的洞穴里藏起来，然后很机警又孤独地在那个洞穴外面踱步、守着、徘徊，不让任何人接近。

苍茫一生，总有些人留不住，总有些事躲不过，别为那些往人往事伤怀，有时执手摧情老，逃避使神迷，孤单未必不快乐，拥有岂能长相随？转身并非软弱，面对让心坚强。

那些难过、悔恨、堕落，皆因我们没有放过自己。只有放下了，心情才能轻松；只有遗忘了，灵魂才能自由；挣脱了苦难，才能遇上后来的风景。

总有一天你会遇上那么一个人，他让你的欢笑和泪水都有意义；他善待你，把你当成生命中最重要的那个。

这个人不一定完美无瑕，重要的是他能读懂你。是你不需要多解释，他就会懂你；是你不需要过多表现自己，他就会喜欢你；是你不需要过多要求，他就会支持你。

他能够毫无条件地走进你心灵深处，无须借助辅助物就能够看到你内心的一切，包括一点点忧伤与暗喜。你在他面前就是一本小学课本，看得懂，读得透。

遇见这样的人，且不管他的外表或者条件如何，至少有一点可以确认。他正深深地爱着你。所以真爱其实很简单，就是自然而然，一切都懂。真正爱你的人不会说许多爱你的话，却会做许多爱你的事。

人生没有花常开，有甜有苦有无奈。人生如潮水，总有潮涨潮落之时；也如天上之月，有盈也有亏。人生的精彩不仅在于获得成功之时的欢呼雀跃，也在于失败的时刻保持对于未来成功的憧憬，和再次整装出发的勇气。

生活中，聚聚散散总难免，一切能随缘，顺其自然最好。相聚相拥时好好把握，好好珍惜；分开离去时，潇洒微笑说珍重。

这一生，失望总是难以避免的，于是再去相信就很难。对他人投入，换不来等量的关心，但都比不过对自己失望。你要把心思放在值得的人身上，把故事说给懂的人听，把时间多留给自己。

时间带走了年少轻狂，也沉淀了冷暖自知

由于白羊没主见，所以本能地喜欢和能安慰自己的人在一起。

白羊心里存不住东西，遇到什么事情都要对别人说，因为白羊认为，别人能缓解他心中的不愉快，能帮他解脱痛苦。

白羊非常需要外界的支持，否则，就会感到非常无助、焦虑。

一个人总要走陌生的路，看陌生的风景，听陌生的歌。
最后你会发现，
原本费尽心机想要忘记的事情真的就那么忘记了。

以前单纯，有事就藏不住，有乐事马上拿出来分享，有伤心也拿出来倾诉。然而，回应的往往是“呵呵”，于是，慢慢学会了沉默。

有些路，要一个人走，不需要陪伴；有些情绪，要一个人体会，不需要倾诉；有些眼泪，要一个人品味，只能自己擦干。把自己隐藏，从来不会显现。独自走在冬天漆黑的夜晚，咯吱地踩过脚下的雪地，伸出手指感受这刺骨的寒冷。

很奇怪，人总是想留住那些根本留不住的东西。比如青春热血、毫无保留的信任、无所顾忌的真诚。这些曾经拥有过的东西，都随着时间的流逝远走了。在变成另一个自己之后，百般回首，以怀念来回避现实，尽管那现实可能不太糟糕。

悲伤，是有进程的。当一个人勇于接纳自己的悲伤，也能以慈悲与爱承接悲伤，悲伤便能在慢慢感受、慢慢消融的过程中，一点一滴地减轻，一点一滴地消融。

每个人做事情，总有人喜欢、有人诋毁。我们往往为那些诋毁烦恼，几乎看不到那些喜欢。因为那些诋毁总是歇斯底里，而喜欢是静静地放在心底。

不要在意生活当中那些附加的恶意。不顺、失落、曲解、谩骂、流言，只需看过便好。要学会取舍，要尝试摆脱，在走过荆棘之后的坦途上，再回头望去，一切都不过如此。这便是生命的一个奇妙的点，它让一切轰轰烈烈的事情，在许久之后都不值得一提。

当明天变成了今天、成为了昨天，最后成为记忆里不再重要的某一天，你突然发现自己在不知不觉中已被时间推着向前走。这不是坐在静止火车里，与相邻列车交错时，仿佛自己在前进的错觉，而是我们真实地在成长，变成了另一个自己。

每个人的一生都在演出一幕又一幕的戏，或真或假、或长或短、或喜或悲。你在这场戏中扮演那个他，他在那场戏里扮演这个你，各自微笑，各自流泪。一场戏的结束意味着另一场戏的开始，所以你不必过于沉浸在昨天。

你记住也好，你忘了也罢，生命本是场轮回，来来去去，何曾有过丝毫的停歇？

如果你越来越冷漠，你以为你成长了，但其实没有。长大应该是变温柔，对全世界都温柔，对很多身外事都能放下、都能慈悲，并以善眼望世界。

那些渐渐力不从心的不仅仅是年龄的成长，还有岁月给予你的更多其他的东西。

世界既然遗憾，就应该被原谅。跌倒了没人扶，就自己爬起来；难过了没人安慰，就告诉自己要坚强；哭了没人疼，就自己擦眼泪。

无须成为多伟大的人。只愿你不管经历过多少不平，有过多少伤痛，都舒展着眉头过日子。内心丰盛安宁，性格澄澈豁达，偶尔矫情却不矫揉造作、毒舌却不尖酸刻薄，不怨天尤人，不苦大仇深。

对每个人真诚，对每件事热忱，相信这世上的一切都会慢慢好起来。

朋友圈越来越小，剩下的越来越重要

虽然白羊座有着能够燃烧沙漠的热情，但是他最大的弱点也出在激情上面。

白羊座最害怕的就是自己一个人处于欢脱状态，周围没有一个人能够和他表现一致的爱好和兴趣，那也是他的恐惧之源。

假如你想要一件东西，就放它走。
它若能回来找你，就永远属于你；
它若不回来，那根本就不是你的。

命运旅途中，每个人演出的时间是有限的。似乎冥冥中注定，该离场的时候，多舍不得也要离开。

苦不苦只有自己知道，变没变只有自己才懂。最好的感觉，是有人懂你的欲言又止。

而人生的辉煌，不在于你在风口浪尖，有无数的鲜花和掌声向你涌来的那一时，而在于当你繁华褪尽，甚至身体残缺，你自己偶尔都感到卑微，但还有人对你表示敬意的那一刻。

那些突如其来的离别往往让人措手不及。人生何处不相逢，但有些转身，真的就是一生，从此后会无期，永不相见。

后来，你发觉，离开的人越来越多，留下的人越来越重要。

真正对你好的人，你一辈子不会遇到几个，有人为你点亮这个世界的灯，有人拨开你心里的尘。但人与人之间，多了分寸的距离，就容易变成失去联系的荒唐，内心越独立，重要的人就越少，你不确定什么时候会失去他们，唯一能做的，就是对那些还留在你身边的人更好，坚守人生的平淡与热闹。

你其实并不孤僻，甚至可以说开朗活泼。但大多时候你很懒，懒得经营一个关系。还有一些时候，就是爱自由，觉得任何一种关系都会束缚自己。当然最主要的，还是知音难寻。

你总是觉得自己跟大多数人交往，总是只能拿出自己的一个维度，很难找到一个像你一样兴趣一望无际的人。

越是年长，越难得到朋友。因为你很难再愿意屈就和妥协。所以很多人热闹群聚着喝酒吃饭、高谈阔论，饭后不了了之，彼此心里也没有丝毫留恋。这是社交动物的方式，只要不谈感情，就很干脆。人与人之间的那份郑重而留恋的对待，也许已经是奢侈的事，但值得追寻。

所谓的朋友，就是你有浑身的缺点，他也能看到你的优点，然后一点一点地把你从绝望无助的深渊里拉出来。告诉你，你很好，你值得被人爱；并会拍拍你的肩膀，要你注意脚下的坑，若绕过就不会摔得鼻青脸肿。

许多看似拥有的，其实未必真的拥有。

那些看似离去的，其实也未必真的离开。倘若因果真有定数，有朝一日，该忘记的都要忘记，该重逢的还会重逢。只不过岁月乱云飞渡，那时候或许已经换了另一种方式、另一份心境。而信步寻梦的人，在拥挤的尘路上相遇，也许陌生，也许熟悉；也许相依，也许背离。

一辈子，你不一定遇上谁，偶然便是机缘，巧合便是伏笔；又不一定离开谁，执手再紧也要挥别，牢不可破或许不堪一击。

天下人与事，莫过于聚散得失。

这个世界上，有太多的事情是我们无法掌握的。你不知道谁明天会离开，你不知道意外和你等的人谁先到。有些人你哪怕抓得再紧，即使你心里完全不想放弃，可你们的距离越来越远，交集越来越少，最后变成回忆角落里的一张旧照片。最可怕的是，因为怕失去而放弃拥有的权利。

你会遇到很多人，会告别很多人，会继续往前走，也许还会爱上那么几个人，弄丢那么几个人，关键在于，谁愿意为你停下脚步。

世界那么大，总该有人懂你。若是遇到那样的朋友，你们或许只需要交换一个会意的眼神，微笑颔首，无须言语，一切便已足够。

你终将学会心平气和地面对兵荒马乱

白羊座性格冲动，有时给人感觉脾气很大，不过他的火气来得快去得也快。白羊懒得记仇，很多不好的事都只是在脑海里自动点击隐藏，一般发火过后会忘了为啥生气，反正气过了就过去了，这一点正好与记仇的天蝎相反。

个性比较冲动的白羊，习惯依着自己的性子，想到什么就做什么，很不愿意过多地商量，一气呵成就是他最爱的方式。

生活中的很多事情都不是如己所愿的，白羊座在成长的过程中，必须经历不少伤痛，但最终他会成为更加优秀的自己。

时间不能减轻我们所受的伤害，
但却能让我们变得不那么害怕伤害。
时间也不会帮我们解决问题，
只会把原来怎么也想不通的问题，变得不再重要。

年轻人总被很多莫名的情绪左右着，每件悲伤的事都像是世界末日。其实不是的，你的生活才刚刚开始。

心小了，所有的小事就大了；心大了，所有的大事都小了。

一切都在变，所有的安稳，早已物是人非，你渴望那句：岁月静好，现世安稳。可时间变得太快，让你抓不住、握不紧。再爱的人终究还是要离开，曾许诺的天长地久、地老天荒瞬间变得那么轻。对着镜子里的自己，诸多的沧桑，不由得感叹道，这个世界上有多少人和事还值得珍惜呢？

很多人事的离开，还有曾经的误会和猜忌，你都要渐渐学会放下和平静。你曾经承诺过太多，要学习、要奋斗、要微笑、要珍惜、要记得。但是这么多的情绪和承诺，是否可以一一担当，才能够一点点摒弃内心的幼稚和不甘，其实时间会给你答案。

这一路上，总是会遇到好的和坏的。坏的那些会告诉你，好的是如何珍贵和稀少，也会教会你如何把那些坏的如何变化成好的。

人生是一场流动的风景，途中你或许知晓流星转瞬即逝的闪光是那么动人；或许懂得枯叶辗转飘零是那么恣意；或许明白将琐事小题大做是那么无意义。

以前痛苦难过的时候，会哭、会写几千上万字的日志、会死皮赖脸地给一个人发短信说“我会变成这样都是你害的”。现在，只会挤出一个敷衍的微笑，言不由衷地说一句“我没事”。嗯，你学着咽下一大段话和所有情绪，只用越来越少的话来表达你所有的想法。

一定会有那么一天，平淡与热闹有一个交界，犹如最初那场在深山中的行走，隔开时间空间，再多他人的时光都已无法排解自己内心的距离，而当你甘愿接受这安排时，就是用言语去诉说那般热闹的过去，接受现在平淡的现实。

一切都还来得及，一切都为时不晚。去学那些喜欢的、去做那些想做的，唯有这样，你才可以拥有更独立的人格和更自由的生活。

世事早已擦肩而过，又何必反复追忆，反复提起。是时候和昨天告别了，忘记一切，也原谅一切。是真的忘记，做到心平气和，在安稳的现世里，过自己想要的生活。

时间用它独有的刻薄方式令我们渐渐宽宏，明白不管怎样被生活对待，依然要许诺自己明日必有太阳。沉默是成长的标志，而成熟的标志，就是学会沉默。

图书在版编目(CIP)数据

不是温柔的人，却做尽了温柔的事 / 林小仙著. —
北京：现代出版社，2017.9
ISBN 978-7-5143-6431-6

Ⅰ. ①不… Ⅱ. ①林… Ⅲ. ①散文集－中国－当代
Ⅳ. ①I267

中国版本图书馆 CIP 数据核字(2017)第 238943 号

不是温柔的人，却做尽了温柔的事

著　　者　林小仙
责任编辑　赵海燕　毕椿岚
出版发行　现代出版社
通信地址　北京市安定门外安华里 504 号
邮政编码　100011
电　　话　010-64267325　64245264（传真）
网　　址　www.1980xd.com
电子邮箱　xiandai@vip.sina.com
印　　刷　吉林省吉广国际广告股份有限公司
开　　本　880×1230　1/32
字　　数　132 千字
印　　张　7.5
版　　次　2018 年 2 月第 1 版　2018 年 2 月第 1 次印刷
书　　号　ISBN 978-7-5143-6431-6
定　　价　38.00 元